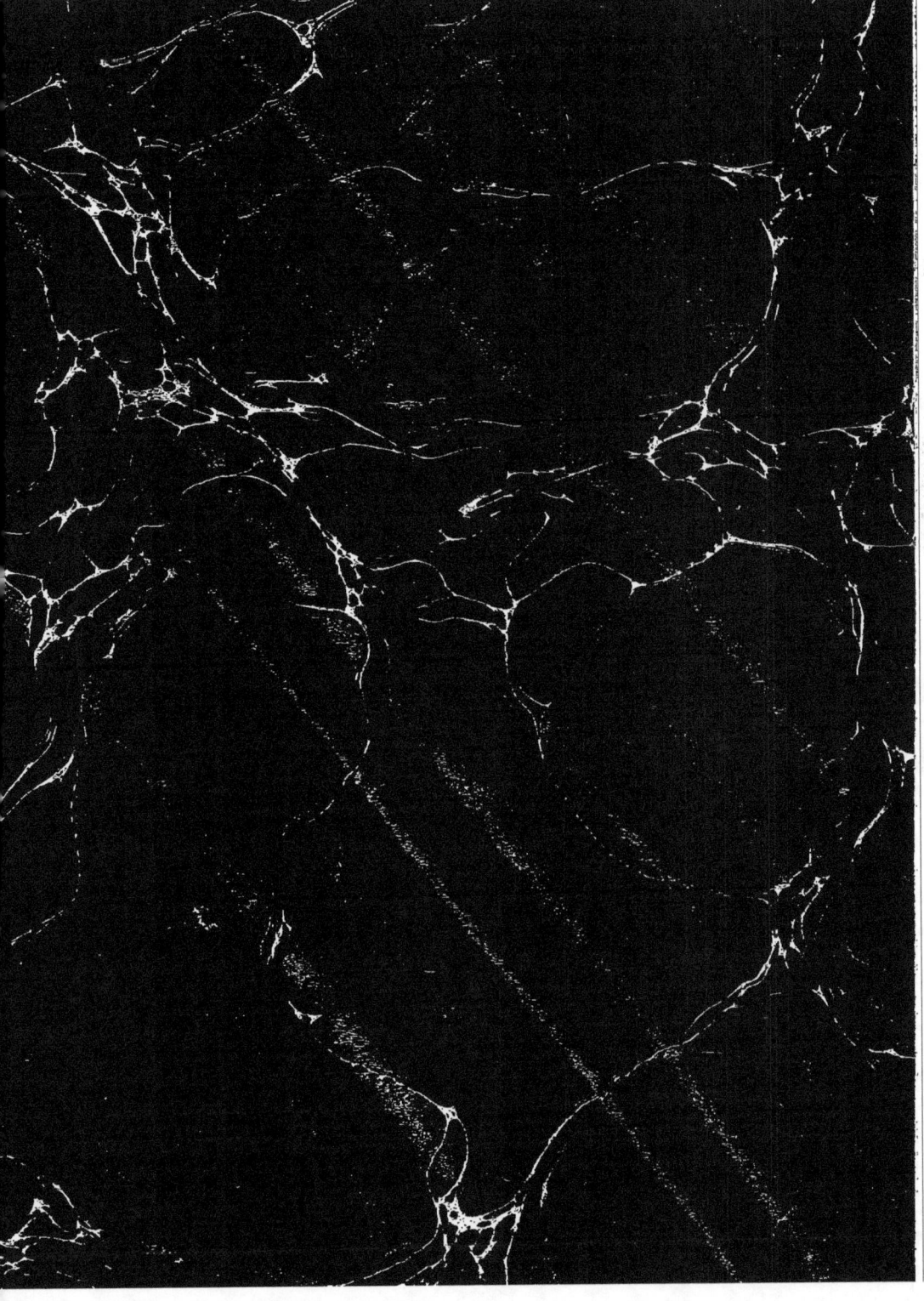

L'HOMME
SANS NOM.

Cet écrit, n'étant pas destiné au public, n'a été
tiré qu'à cent exemplaires, papier vélin.

L'HOMME

SANS NOM.

Fata viam invenient.
VIRG.

A PARIS,

CHEZ P. DIDOT, L'AINÉ,

CHEVALIER DE L'ORDRE ROYAL DE SAINT-MICHEL,
IMPRIMEUR DU ROI.

M DCCCXX.

L'HOMME
SANS NOM.

~~~~~~~~~~~~~~~~~~~~~~~~~~~~~~~~~~~~~

PREMIÈRE PARTIE.

———

Nous étions au mois d'août 1814; j'allais en Italie, où quelques affaires m'appelaient, et où je devais faire un assez long séjour. J'arrive au pied des Alpes. Un de ces accidents de voiture, qui surviennent si souvent en route, m'ayant obligé de m'arrêter, je voulus, pour me distraire de cette petite mésaventure, m'enfoncer un peu dans l'intérieur du pays. Je pénètre, de gorge en gorge et de précipice en précipice, jusqu'à un hameau perdu au milieu d'une nature affreuse.

Enterré dans des fondrières et des ravins, ce hameau n'avait pour horizon qu'un mur circulaire de rochers nus et pelés, semblables aux monts de Gelboë, maudits par le prophète, et que la rosée du ciel refusait de fertiliser. Rien de pittoresque ne s'offrait à la vue. On eût dit un lieu privé de toute communication, destiné à enfermer des malfaiteurs. Cependant quelques chétives habitations se groupaient autour d'une église rustique, ruinée par le temps, et qui fut autrefois grossièrement réparée. Elle n'avait, comme les pauvres cabanes dont elle était entourée, qu'un misérable toit de chaume noir à demi consumé.

Je crus d'abord que ces tristes masures étaient les restes d'un ancien village abandonné. Tout me paraissait tomber de vétusté. Je n'apercevais les traces d'aucune créature humaine, ni d'aucun animal domestique : nul mouvement, nulle voix, nul cri n'animait cette solitude désolée.

Mais bientôt je remarquai une petite maison, assise loin de toutes les autres, au milieu d'une prairie aride : la porte était entr'ouverte, ce qui me fit juger que quelqu'un y demeurait. Je jugeai en même temps que le village était aussi habité. D'ailleurs si je n'avais vu les traces d'aucun animal domestique, je n'avais point vu non plus les traces d'aucune bête sauvage. J'en conclus que les habitants étaient au loin répandus dans des vallées moins stériles, ou dispersés, pour différents travaux, sur les montagnes. Dans un tel pays, l'homme, déshérité de toutes les douceurs de l'existence, n'a ni le loisir, ni la pensée de soigner sa demeure. C'est bien assez pour lui d'avoir à lutter contre les torrents, contre les orages, contre mille dévastations ; d'avoir à écarter tous les fléaux qui, chaque jour, menacent les petits carrés de terre où repose l'espérance précaire de l'année.

J'errais donc au hasard, pendant qu'on était occupé, dans le bourg voisin, à réparer ma voiture. Heureusement, il était de très bonne heure, et j'espérais qu'avant la fin du jour, je pourrais continuer ma route. Accoutumé aux contrariétés, je supportais ce retard, sans trop d'impatience.

Un voyageur n'est jamais complètement seul et délaissé. La patrie absente, la famille et les amis dont on est séparé, les contrées inconnues que l'on va parcourir : en voilà plus qu'il n'en faut pour peupler les déserts, et pour que l'imagination ne soit pas un instant oisive. Éloigné de ses habitudes, privé de ses affections, le voyageur passe en revue ses souvenirs et ses espérances : un peu de plaisir et beaucoup d'amertume se mêle à tous ses rêves, car un voyage est comme une suite de rêves qui se succèdent; et la vie elle-même est-elle autre chose qu'un rêve plus ou moins douloureux?

J'étais ainsi absorbé dans des pensées vagues et sans objet, lorsque j'en fus distrait par un enfant qui vint à passer près de moi: au profond salut qu'il me fit, je conçus de suite la meilleure opinion du caractère et des mœurs des bonnes gens qui habitaient le village.

J'arrêtai l'enfant, pour lui faire quelques

questions, auxquelles il répondit fort bien.
Je lui demandai s'il savait à qui appartenait
la petite maison isolée que je venais de remarquer.

« Oh! oui, monsieur, me dit-il, c'est la
« maison du Régicide. »

« La maison du Régicide! m'écriai-je;
et comment se nomme-t-il? »

« C'ést là son vrai nom, répondit l'enfant;
« du moins c'est ainsi que tout le monde
« l'appelle. Quand on lui parle on ne le
« nomme pas autrement; mais on évite le
« plus qu'on peut de lui parler, car cela l'en-
« nuie beaucoup. Il se contente de remercier
« et de répondre oui ou non. Il est cepen-
« dant bien bon et bien poli; mais il est tou-
« jours triste; il n'aime qu'à être tout-à-fait
« seul. » J'écoutais l'enfant avec attention,
sans l'interrompre, et il ajouta : « Ce pauvre
« homme a eu autrefois de grands chagrins;
« on raconte à son sujet des histoires que je
« ne puis pas encore comprendre parceque
« je suis trop jeune. »

« Le Régicide, me disais-je en moi-même;

« je voudrais bien voir et entretenir un ins-
« tant l'être singulier qui n'est connu que
« sous un tel nom, et qui ne s'offense point
« de ce qu'on le lui donne. » L'enfant, qui
me voyait préoccupé, et qui comprit mon
desir, me dit : « Monsieur, voilà le Régi-
« cide qui sort de sa maison et qui vient de
« ce côté. »

Je vis en effet le mystérieux personnage
sortir silencieusement de sa maison, et marcher, la tête baissée, dans le même sentier
que celui où j'étais. Aussitôt je m'avançai
au-devant de lui, et il ne m'aperçut que
lorsqu'il ne pouvait plus se détourner pour
éviter un inconnu. Il me considérait avec
une sorte de curiosité timide et suppliante.
Quant à moi, mes regards avides le dévo-
raient ; je cherchais à le pénétrer tout entier.
C'était un homme d'une taille avantageuse,
d'une figure noble, couronnée de beaux cheveux blancs. Il était facile de reconnaître que
l'âge seul n'avait pas sillonné son front décou-
vert ; mais ni l'âge, ni la violence des tourments dont il paraissait avoir été la proie,

n'avaient pu parvenir à effacer l'empreinte
de facultés éminentes. Dans le temps où le
feu de la jeunesse et de l'enthousiasme ani-
maient ses yeux, ils durent être pleins de
puissance et de charme. Sa démarche et
l'ensemble de sa personne annonçaient la
défiance de soi qu'inspire le malheur, et non
point celle que produit la honte du remords.
Je ne savais comment expliquer le contraste
de traits si parfaitement bons, si peu dégra-
dés, avec le signe d'opprobre et de terreur
dont cet homme était marqué par son nom.

Nous ne tardâmes pas de nous rencontrer.
Je le saluai; il me rendit mon salut. Je m'arrêtai; il s'arrêta aussi, mais involontairement, et, comme un automate qui obéit,
sans joindre la pensée à l'action. « Cette
« maison, lui dis-je avec embarras, en mon-
« trant celle d'où il venait de sortir, cette
« maison est à vous ?—Oui, monsieur, répon-
« dit-il, c'est là que je demeure; et sans
« doute vous savez déja quel homme je suis. »
Mon embarras augmenta; je fus tout près
de ne pas poursuivre; néanmoins je me ras-

surai ; et je repris en balbutiant, et en cherchant mes mots : « Je ne me crois pas très
« bien instruit sur vous, monsieur; on m'a
« dit seulement, et je crains de le répéter,
« on m'a dit : « C'est la maison du Régicide. »

Je le vis alors pâlir légèrement; ses yeux
levés sur moi exprimaient le sentiment d'une
longue et profonde souffrance, d'une souffrance intime à laquelle il n'y avait aucun
adoucissement possible, ni par les années,
ni par les distractions. Quelques gouttes de
sueur vinrent mouiller son front : vous
eussiez cru qu'un souvenir douloureux venait de lui apparaître tout-à-coup et pour
la première fois. Ses mains, qu'il se mit à
considérer avec horreur, semblaient vouloir
écarter un être surnaturel et menaçant, ou
une ombre accusatrice. Puis il se remit un
peu. Son visage ne présenta plus que l'aspect
d'un calme presque stupide. Son regard, qui
tout-à-l'heure implorait si bien la compassion, était devenu terne, sinistre, d'une
sombre indifférence. Cette apathie terrible,
cette funeste résignation pénétraient mon

ame de je ne sais quelle épouvante, et me glaçaient le cœur. Un lugubre fantôme s'était placé aux côtés du Régicide ; le Régicide venait de m'être signalé par la révolte de tous mes sens, par un instinct de crime et de mort. A mon tour, je sentis comme une sueur froide sur mon front. Mon trouble ne fut qu'un éclair ; le fantôme disparut, et me laissa seul avec la plus misérable des créatures.

Il y eut donc entre cet homme et moi un instant d'un pénible silence qui nous accablait également, et que nous ne pouvions ni l'un ni l'autre nous décider à rompre. Enfin il reprit avec une profonde altération de voix : « Eh bien, monsieur, on vous a dit « vrai. Tous m'appellent ici le Régicide. Non « seulement j'ai voulu que l'on m'appelât « ainsi, mais même j'ai voulu que l'on ne « pût pas m'appeler autrement. Je me suis « dépouillé du nom que j'avais reçu sans « tache de mes honorables parents, pour me « revêtir de celui que désormais je dois traî- « ner jusqu'à la fin, flétri du sceau de la haine

« et de l'horreur. Dans ce pays on ignore
« donc tout-à-fait mon ancien nom ; et, dans
« les lieux où il est connu, on ne sait pas
« quelle retraite j'ai pu choisir pour y ca-
« cher ma douloureuse ignominié. Je suis
« devenu le fils de mon crime, l'enfant de la
« réprobation. Je dois porter le nom du père
« que je me suis fait. Le bruit de ma mort a
« couru en France ; ma cendre a déjà été
« maudite.

« Ma maison est isolée : le Régicide n'est-il
« pas un pestiféré du monde social, une sorte
« de lépreux condamné à la solitude et à
« l'opprobre ? Il ne fallait pas que mon habi-
« tation fût jointe à celle des autres hommes.
« Une pauvre femme du village m'apporte,
« chaque jour, ma chétive nourriture ; elle
« la place sur la table, où elle trouve le prix
« convenu pour le service qu'elle me rend ;
« puis elle se retire sans que jamais nous
« nous adressions la parole l'un à l'autre. Je
« ne pouvais pas être servi d'une autre ma-
« nière, parceque je ne suis pas digne qu'une
« créature innocente et exempte de tout re-

« proche ait une communication plus di-
« recte avec un homme tel que moi. J'ai dû,
« pour tous les besoins de la vie, me retran-
« cher dans les limites de la plus absolue
« nécessité.

« Les habitants de ce village sont des gens
« simples et bons qui me traitent avec beau-
« coup plus d'égards que je n'en mérite. Dans
« les premiers temps de mon séjour, ils me
« considéraient avec une sorte de pitié, mêlée
« de saisissement et d'effroi ; le calme appa-
« rent de ma figure leur inspirait du respect,
« et mes yeux ternes de la frayeur ; ils ne
« s'approchaient point de moi ; j'étais pour
« eux un être sacré, dans le sens où l'enten-
« daient les anciens, c'est-à-dire un être visi-
« blement poursuivi par la colère céleste.
« C'était ou la funeste contagion d'un mal-
« heur flétrissant qu'ils redoutaient, ou la
« présence d'un homme qui avait violé d'une
« manière inconnue toutes les lois divines et
« humaines, car on ne se faisait pas une idée
« claire et précise de l'attentat dont on me
« présumait coupable. Je fus même assez

« long-temps un objet de superstition pour
« toute la contrée. J'avais, disait-on, de fré-
« quents entretiens avec les esprits malfai-
« sants. On me supposait le pouvoir d'évo-
« quer les morts, de faire obéir les démons.
« Mais les mœurs douces de ces bonnes gens,
« et la triste monotonie de mes habitudes
« ont bientôt fait évanouir tous ces prestiges ;
« et il n'est plus resté à mon égard qu'une
« crainte religieuse, adoucie par la compas-
« sion. Cependant, maintenant encore, quel-
« ques femmes font toujours le signe de la
« croix quand elles sont obligées de passer
« près de la maison du Régicide.

« Croiriez-vous, monsieur, que ce déplo-
« rable patrimoine de mes remords m'ait été
« plus d'une fois contesté. Plus d'une fois, en
« effet, j'ai été obligé de fuir dans les forêts,
« ou de me cacher au fond des précipices. Je
« désertais ma demeure parcequ'on me fai-
« sait un crime du mystère d'ignominie dont
« je me tenais enveloppé. Si je n'eusse pas été
« protégé par la pitié, et peut-être même par
« cette sorte d'hospitalité superstitieuse que

« je vous peignais tout-à-l'heure, je n'aurais
« point échappé aux recherches qui se fai-
« saient sans cesse en tous lieux. Souvent, sur-
« tout durant les deux premières années, j'ai
« erré sans asile, privé d'aliments, exposé à
« toute l'inclémence des saisons. Je revenais
« lorsque je croyais avoir été oublié. Enfin,
« l'on a fini par me laisser me nourrir en
« paix de mes angoisses.

« Non seulement j'ai renoncé à la société
« des vivants, mais je m'abstiens même de
« celle des morts illustres. De tous mes li-
« vres je n'ai conservé que la Bible : celui-là
« me console et m'effraie en même temps ; il
« ne me distrait point de mes pensées amè-
« res ; il me laisse vivre avec mes remords,
« sans y ajouter.

« Depuis que j'habite ce hameau écarté, je
« n'ai parlé à personne ; vous êtes, monsieur,
« le premier qui ayez eu le pouvoir de me
« faire enfreindre la rigueur du ban auquel
« j'ai cru devoir me soumettre par le senti-
« ment de toutes les justices outragées. »

Après qu'il eut fini : « Monsieur, lui dis-je,

« tout ce que je viens d'entendre m'indique
« assez que vous vous êtes malheureusement
« trouvé au sein de cet orage terrible qui a
« englouti le trône de Louis XVI; et qu'en-
« suite vous fîtes partie de cette assemblée,
« de funeste mémoire, qui s'arrogea le droit
« de juger l'infortuné monarque; mais enfin
« un si long repentir, une détestation si con-
« tinue et si persévérante de la part que vous
« avez prise à ce grand crime, ne vous en ont-
« ils pas remis la peine? Dieu pardonne à sa
« faible créature; est-ce à la faible créature
« qu'il convient de conserver un immortel
« ressentiment? Elle doit pardonner aux au-
« tres, et se pardonner à elle-même. »

« Monsieur, monsieur, répondit cet homme,
« penseriez-vous qu'un fils, qui aurait tué
« son père, pût jamais être absous? Et immo-
« ler son roi, n'est-ce pas commettre plus que
« mille parricides? Monsieur, Dieu avait mis
« dans mon cœur des sentiments élevés dont
« le souvenir me reste pour augmenter mes
« tourments. Je suis plus criminel qu'un au-
« tre, parceque je suis descendu de plus haut

« pour me jeter dans cette fange odieuse. L'as-
« sassinat du roi martyr n'a point été le for-
« fait d'un obscur scélérat, d'un aveugle fa-
« natique. Il y a eu, à son égard, l'apparence
« et le plus grossier déploiement non pas de
« toutes les formes juridiques, mais de quel-
« ques unes, parodie monstrueuse de la jus-
« tice légale, de la justice des sociétés hu-
« maines. La victime, dévouée d'avance, a
« été interrogée; elle a bien voulu ne pas re-
« fuser de répondre. Ses prétendus juges, qui
« étaient en même temps ses accusateurs, se
« dirent, et paraissaient être en effet les dé-
« légués de la nation française. Louis XVI fut
« condamné en présence de cette nation elle-
« même. Voilà, Monsieur, ce qui ajoute à
« l'énormité de mon crime. Il ne m'atteint
« pas seul, je l'ai fait partager à un grand
« peuple. Ah! de tous les peuples qui vivent
« sous le soleil nul n'était plus éloigné que
« celui-là de mériter une pareille flétrissure.
« Il a fallu, je ne dirai pas faire violence à
« ses mœurs anciennes et nouvelles; mais il
« a fallu le séparer de lui-même, le traîner

« d'excès en excès, de vertiges en vertiges,
« pour le courber sous le joug d'une si exé-
« crable fatalité. Ce terrible fardeau des ven-
« geances célestes qui a pesé si long-temps sur
« ma malheureuse patrie, c'est moi qui l'ai
« attiré. Dieu a dû punir la nation devenue
« par moi la nation régicide. Et c'est moi,
« juste ciel! c'est moi qui suis l'auteur de tant
« de maux. C'est moi qui ai créé pour notre
« belle et noble France l'affreuse solidarité
« de mon parricide. C'est moi, puisque moi
« tout seul, peut-être, je n'étais pas étran-
« ger à la connaissance de ces rapports inti-
« mes qui unissent les peuples et les sou-
« verains; c'est moi, puisque les véritables
« croyances sociales n'avaient jamais cessé de
« reposer au fond de mon cœur. Les sophis-
« mes du siècle avaient pu égarer ma raison;
« mon imagination avait pu souvent être sé-
« duite par de vaines théories; mon ame n'a
« jamais été complétement aveuglée. Je sa-
« vais ce que je faisais. Oui, monsieur, le vrai
« Régicide, c'est moi.

  « Suis-je parvenu, monsieur, à vous faire

« comprendre pourquoi je me trouve si cri-
« minel, pourquoi je me regarde comme un
« être hors de la nature? Vous connaissez l'his-
« toire de ce guerrier fameux qui, sur un vais-
« seau battu par une horrible tempête, vou-
« lut mettre entre le ciel et lui une créature
« innocente. Il saisit un enfant sur les genoux
« de sa mère qui, dans ce moment de cruelle
« détresse, pressait son fils contre son sein.
« Le farouche guerrier l'élève au-dessus de
« sa tête courbée, et, se jetant à genoux, il
« implore la clémence divine pour l'équipage
« près de périr. Mais il n'avait point fait de
« mal à l'innocent dont il se faisait un bou-
« clier pour lui et les siens. Et moi, malheu-
« reux! je n'ai à interposer entre moi et le ciel
« irrité, que ma victime elle-même. Je ne puis
« pas me réclamer de mes brutales ignoran-
« ces; je ne puis accuser de mon crime l'en-
« traînement d'un fanatisme aveugle. »

Lorsque j'entendis ces étranges paroles sortir de cette bouche, je fus frappé d'une sorte
de stupeur. J'éprouvais à-la-fois de l'admiration, de l'horreur et de la pitié. Qui aurait

pu s'attendre à trouver l'expression d'une
doctrine si sublime sur des lèvres souillées
par l'arrêt de mort d'un homme juste entre
les justes? Cependant, l'infortuné restait debout devant moi, comme un criminel chargé
de chaînes, et qui n'essaie pas même de fléchir son juge.

Alors, me rapprochant de lui pour trahir
ma propre répugnance, et pour lui inspirer
un peu de courage, je lui dis: « La vivacité
« de vos remords me touche, la profondeur
« de vos discours m'étonne. Si vous vouliez
« rentrer dans votre demeure, et me per-
« mettre de vous y accompagner, je me sens
« disposé à compatir à toutes vos douleurs,
« à écouter avec un intérêt infini le récit de
« vos souffrances, qui sont de véritables ex-
« piations. Soyez-en certain, monsieur, ce
« n'est point une vaine curiosité qui me
« porte à vous faire cette demande. »

« Monsieur, me répondit-il, vous avez
« pris un tel ascendant sur moi que je n'ai
« rien à vous refuser. D'ailleurs, redire mes
« infirmités à un homme tel que vous, me

« couvrir de confusion devant le visage d'un
« Français vertueux, qui sans doute aussi a
« été frappé, dans lui ou dans les siens, par
« les maux que j'ai fait déborder comme un
« torrent sur la patrie, ce sera un renouvel-
« lement de honte et de douleur dont je dois
« être avide. Ce n'est pas à moi qu'il appar-
« tient de fuir la morsure du scorpion. Il ne
« m'appartient point non plus de me sous-
« traire aux outrages que j'ai trop mérités.
« C'est par lâcheté encore que je suis venu
« dans cette solitude, et que je continue à y
« vivre loin du commerce de mes semblables.
« J'aurais dû bien plutôt me précipiter au
« milieu des peuples, et attirer sur moi toutes
« leurs imprécations, si même ils eussent
« refusé de me lapider. Allons, monsieur,
« entrons dans la maison du Régicide. »

Nous nous acheminons vers la maison
formée d'une seule chambre au niveau du
sol. Tout le mobilier de cette chambre con-
sistait en une chaise grossière, une table,
un vieux bahut pour serrer un peu de linge
et quelques vêtements. La plus modique

vaisselle de terre était rangée sur une plan-
che fixée au mur. De méchantes gerbes de
paille remuées comme une vile litière
étaient dans un coin. C'est sans doute sur ce
lit des cachots, sur ce lit du crime et de la
misère, que l'infortuné s'étendait pour dormir ou plutôt pour attendre les rêves inexorables de la nuit. Le seul livre qu'il se fût
réservé, la Bible, était sur la table.

« Mon Dieu! monsieur, me dit-il, lorsque
« nous fûmes entrés, je ne puis vous offrir
« cette chaise sur laquelle s'assied tous les
« jours un homme que vous devez haïr et
« mépriser. Vous allez être obligé de vous
« tenir debout. — Ne soyez point en peine
« de moi, lui répondis-je; je m'appuierai
« contre cette table pendant que vous me
« parlerez. »

Alors il s'assit : « Vous voyez, me dit-il,
« tout ce qui compose ma demeure. C'est
« plus qu'il n'en faut à celui qui a sur ses
« mains le sang du plus innocent et du plus
« vertueux des mortels. Hélas! sur ce grabat,
« rarement renouvelé, je me couche comme

« un chien sans maître, lorsque l'heure du
« repos est venue pour les autres hommes, et
« que, pour moi, revient l'heure des visions
« vengeresses. Monsieur, ne me plaignez
« point. Il y a bien assez d'infortunes non
« méritées à qui les gens de bien doivent
« leur consolante pitié. Ne me plaignez point.
« J'ai sur les mains le sang de la victime au-
« guste, de l'être sublime sur qui fut pro-
« noncée, au moment du sacrifice impie,
« cette parole venue du ciel même : « Fils de
« saint Louis, montez au ciel. »

« Jadis le patriarche de l'Idumée s'écriait,
« dans l'amertume de sa douleur : « Périsse
« le jour où il a été dit : « un homme est né ! »
« Et moi, misérable ! quelles malédictions
« ne dois-je pas au jour qui a fait luire à mes
« yeux la clarté dont je devais me rendre si
« indigne ! Ah ! le crime n'avait jamais été
« la nourriture de Job. Jamais il ne se revê-
« tit à plaisir du manteau de l'iniquité. Ses
« mains étaient pures ; les maux qu'il souf-
« frait étaient une épreuve et non une ven-
« geance. Aussi osa-t-il contester avec son

« Créateur; et Dieu ne dédaigna pas de lui
« répondre. Et moi, misérable encore une
« fois, misérable mille fois! je ne pourrais
« contester avec Dieu que comme Caïn le
« premier meurtrier, mon premier frère
« dans le crime. Je ne pourrais pas même
« dire avec lui : « M'aviez-vous donné le juste
« en garde? » Hélas! je ne pourrais qu'ajouter
« le blasphème à mon forfait, et, oubliant
« que j'ai reçu comme les autres hommes le
« don de la liberté, dire à mon Créateur :
« Pourquoi avez-vous mis en moi, dès l'heure
« de ma naissance, un cœur faible et pré-
« somptueux ? »

« Oui, monsieur, ainsi que vous le disiez
« tout-à-l'heure, je faisais partie de cette as-
« semblée à qui l'on donna le nom de con-
« vention nationale, pour exprimer qu'elle
« devait recommencer les destinées du peu-
« ple français. Jamais, vous le savez, mandat
« si solennel ne fut si solennellement trahi.
« Réunion étrange, informe, terrible de
« hauts talents, de vertus austères, de sen-
« timents exaltés, de crimes, de bassesses,

« d'instincts anti-sociaux, d'envies long-temps
« comprimées; on eût dit que les hommes
« dont elle était composée représentaient à-
« la-fois les farouches républicains de Sparte,
« les fiers citoyens de la Rome des Brutus,
« les complices de Catilina, les esclaves ré-
« voltés que Spartacus entraînait sous ses
« drapeaux. On eût dit que ces hommes,
« choisis à la lueur des torches de septembre,
« étaient des échappés des bagnes de Toulon,
« cachant sous la toge l'empreinte de leurs
« fers honteux; qu'ils étaient d'habiles phra-
« siers d'académie; qu'ils sortaient des sa-
« lons, des antichambres, des barreaux et
« des ateliers. Tous, arrivés au rendez-vous
« ou pour égorger ou pour être égorgés, de-
« vaient être tantôt assassins et tantôt vic-
« times dévouées; on leur promettait à-la-
« fois l'échafaud, le poignard, des couron-
« nes civiques souillées de sang. Les uns
« croyaient avoir de longues injures à ven-
« ger; les autres de brillants systèmes à réa-
« liser; d'autres, enthousiastes féroces, mé-
« prisaient les obstacles, les hommes et les

« choses ; d'autres enfin, lâchés vainqueurs,
« conquérants iniques, ne voulaient qu'en-
« lever les dépouilles opimes d'une civilisa-
« tion s'écroulant sur elle-même. C'était un
« amalgame monstrueux des passions les
« plus viles et les plus généreuses, de la haine
« la plus invétérée et de la bienveillance la
« plus universelle, des éléments les plus dis-
« semblables forcés de fermenter ensemble.
« Cette assemblée devait reproduire toutes
« les turbulentes inquiétudes qui soulevaient
« la vase de la société et toutes les vaines
« théories politiques ramassées sans choix,
« sans distinction des temps et des lieux,
« dans l'histoire de l'esprit humain. Enfin
« elle devait essayer de réaliser toutes les
« idées bonnes et mauvaises produites avec
« une témérité inouie par le siècle qu'elle
« terminait sous tant de sinistres auspices.

« Je vous demande pardon, monsieur, de
« m'être aussi étendu sur la composition de
« cette formidable assemblée: mais je l'ai
« cru nécessaire pour vous faire mieux sentir
« combien je devais y être déplacé. Quoi qu'il

« en soit, elle se hâta de proclamer, sans
« délibération, un nouvel ordre de choses
» dont elle ne connaissait point les bases fu-
« tures; elle se hâta de proclamer le nom,
« mais le nom seul d'un gouvernement in-
« connu et purement spéculatif, dont elle ne
« cherchait pas même à prévoir l'organisa-
« tion. Elle dédaigna de méditer ses propres
« pensées. Mais ce qu'il serait impossible de
« peindre, c'est la situation de la France à
« cette funeste époque. Par-tout des proscrip-
« tions, des massacres, des scènes de désola-
« tion ; par-tout on entendait comme le sourd
« craquement de l'édifice social ancien qui
« s'écroulait de toutes parts. Les ruines tom-
« baient dans le sang, et le sang ensuite ve-
« nait inonder les ruines. Et encore ce n'était
« que le commencement des calamités. L'ange
« de l'anathème n'avait versé que la pre-
« mière coupe. Le premier sceau des mys-
« tères de la colère venait seulement d'être
« brisé par lui.

« Maintenant que nous sommes éloignés
« de ces jours néfastes, comment nous y

« prendrions-nous pour nous expliquer l'im-
« perturbable sécurité de ceux qui, au mi-
« lieu de tant de ravages, de tant de larmes,
« d'une terreur si intime et si générale,
» de ceux qui, sous le glaive des assassins,
« continuaient les songes de leur jeunesse, et
« croyaient pouvoir faire de nobles et gigan-
« tesques utopies? Ils prenaient hardiment
« la société comme un bloc de marbre in-
« forme d'où ils voulaient tirer la statue qui
« leur était jadis apparue au travers des
« nuages d'une imagination livrée à mille
« déréglements. Ainsi donc le Titan de la
« révolution mettait le peuple français sur
« sa terrible enclume, le traitant à l'égal du
« fer brut qui sort de la mine. On avait aboli
« toutes les lois, et l'on croyait qu'il n'y
« avait qu'à faire de nouvelles lois. On pré-
« tendait créer la société, comme si aupara-
« vant la société n'eût pas existé. L'expé-
« rience, les siècles, les traditions, tout dis-
« paraissait pour faire place à je ne sais quoi
« qui dormait dans le chaos des rêveries hu-
« maines, dans les fougueuses conceptions

« de la vanité affranchie de tout frein. Il ne
« s'agissait plus d'interroger avec prudence
« et sagesse le passé, et d'en obtenir des en-
« seignements pour l'avenir ; il ne s'agissait
« pas même de la seule France : toutes les
« proportions s'étaient agrandies tout-à-coup ;
« l'horizon n'avait plus de bornes connues ; et
« l'artisan le plus dépourvu de toute instruc-
« tion ne savait parler que d'organiser le
« genre humain. Le pouvoir révolutionnaire
« devait être le seul droit public de l'Europe.
« Pour se débarrasser de la Providence, on
« aurait craint même de se confier au ha-
« sard ; il fallait que ce que l'on voulait fût,
« dût-on prodiguer les crimes, les angoisses,
« le désespoir. C'était une création toute
« nouvelle sans antécédents : sur une aire
« pâtrie de sang et de cendres arides allait
« s'élever l'édifice projeté. Moi, cependant,
« je me trouvais dans la tourmente, je faisais
« partie de l'orage, et j'étais entraîné par lui.
« Je ne croyais qu'une barrière impossible à
« franchir pour moi, c'était celle du crime.
« Mais j'en étais arrivé à le tolérer dans les

« autres ; j'avais bu dans la coupe de la co-
« lère, et l'esprit de vertige avait soufflé sur
« moi.

« A peine la convention eut-elle cru avoir
« fondé une république, qu'elle voulut anéan-
« tir d'un seul coup quatorze siècles de no-
« bles souvenirs et d'augustes illusions. Elle
« voulut par un seul crime surpasser tous les
« crimes qui couvraient la vaste surface de
« notre patrie. Le mandat qu'elle avait reçu
« ne lui suffisant point, elle osa accepter de
« nouveaux pouvoirs qui lui étaient offerts
« avec d'affreuses menaces, par des bandes
« d'assassins. Elle s'investit sans hésiter du
« droit de juger celui que Dieu avait fait
« chef d'un grand peuple, celui que Dieu
« avait établi son ministre sur la terre.

« J'adorais les vertus de Louis XVI ; sa
« constance et ses malheurs, et sur-tout son
« inépuisable bonté m'avaient ému jusqu'au
« fond de l'ame ; mais j'étais le plus lâche des
« hommes. Ah ! puisque je n'avais pas le cou-
« rage de résister au torrent des circonstances,
« comment n'eus-je pas plutôt une autre

« sorte de lâcheté, celle de fuir? Mais, mon-
« sieur, il faut cependant que je l'avoue,
« j'espérais toujours qu'au moment où elle
« me serait nécessaire, je trouverais dans
« l'intimité de ma conscience quelque force
« ignorée de moi-même ; je croyais que l'im-
« possibilité de faire le mal, impossibilité
« qui me semblait être le lien de toutes mes
« facultés, suffirait pour me garantir de
« succomber, pour m'empêcher de céder en
« présence d'un danger même le plus immi-
« nent. J'ai trop présumé de moi. Peut-être
« aussi pensais-je que Dieu viendrait, dans
« sa bonté, visiter celui qui n'avait point
« encore prévariqué, mais qui était sans
« énergie pour persévérer au milieu de pas-
« sions d'un ordre tout-à-fait nouveau. Je
« demeurai donc.

« N'ayant pas perdu toute confiance en
« mes intentions, je plaignais ceux qui, en-
« gagés dans de criminelles routes, n'osaient
« plus reculer devant le remords. Je les plai-
« gnais de ce qu'ils étaient retenus ainsi par
« une fausse honte qui les empêchait de

« rompre tout pacte avec l'iniquité. Je plai-
« gnais aussi tous ces malheureux dont j'é-
« tais entouré, et qui employaient les dons
« les plus glorieux au renversement des objets
« sacrés de notre culte filial, au renverse-
« ment de l'édifice dont la chute devait les
« écraser à leur tour. Ils détournaient les
« yeux de la patrie en pleurs, pour lui plon-
« ger dans le sein un poignard que d'autres
« avaient aiguisé. Ils se faisaient les ministres
« de fureurs qu'ils ne partageaient point ;
« souvent ils furent féroces par lâcheté. Ces
« hommes frappés d'aveuglement n'étaient
« plus eux-mêmes. Ils venaient chaque jour
« s'enivrer et nous enivrer tous d'un filtre
« empoisonné qui allumait une fièvre de fré-
« nésie en même temps factice et vraie.
« Néanmoins la funèbre et sauvage éloquence
« de quelques uns, la vive conviction qui
« parfois éclatait dans leurs discours extra-
« vagants et sans mesure, tout en me faisant
« frémir, me subjuguaient moi-même mal-
« gré toute l'antipathie que j'opposais, et me
« plongeaient tout entier dans le bain mor-

« tel d'une funeste et délirante contagion.
« J'étais comme en proie à un rêve affreux
« d'où je ne pouvais m'arracher. L'ivresse
« des idées du siècle, breuvage peut-être trop
« généreux pour moi, m'avait dès long-temps
« dépouillé de ma raison sans me dépouil-
« ler de ma nature primitive, sans me dé-
« pouiller de mes premiers instincts. L'exa-
« gération des sentiments, l'immensité des
« pensées a je ne sais quoi qui étonne tou-
« jours les intelligences faibles, les cœurs
« mal affermis; et je trouvais beau d'immo-
« ler ses propres affections. Je me débattais
« contre la puissance du mal; souvent, hélas!
« je détestais et j'admirais. Mon Dieu! mon
« Dieu! quel théâtre pour le plus lâche et le
« plus simple des hommes! Que faisais-je
« au milieu de cette atmosphère de crimes,
« de sang, de larmes, de poignantes dou-
« leurs, de farouches vertus! Non, je n'étais
« à la hauteur ni de ces crimes étrangers à
« nos mœurs, ni de ces vertus transplantées
« de vive force, et qui n'étaient point accli-
« matées.

3.

« Ne soyez pas étonné, monsieur, si je me
« perds dans les discours que je vous tiens.
« Je voudrais vous transporter parmi les va-
« gues furieuses qui battaient le vaisseau.
« Je voudrais vous faire participer à l'inco-
« hérence des idées qui nous remuaient dans
« tous les sens ; vous rendre témoin de notre
« trouble, de nos terreurs ; vous faire assister
« à ces orgies de dissolution, de mort, de
« vengeance. Je voudrais enfin vous rendre
« l'un de nous. Je voudrais sur-tout éviter
« d'arriver au moment fatal qui fit de moi
« un affreux parricide. Je voudrais à-la-fois
« vous cacher et vous découvrir mon ame,
« et implorer en même temps et votre pitié
« et votre mépris. Mais continuons.

« Je ne vous rappellerai point, monsieur,
« toutes les phases du procès de Louis XVI,
« toutes les questions qui furent agitées et
« résolues d'avance, pour marcher avec plus
« de certitude et de célérité au dénouement
« de ce drame terrible. La plupart d'entre
« nous, il faut le dire et vous le savez,
« avaient l'intention de sauver le monarque

« déchu ; mais ils ne craignirent pas de tra-
« hir leurs sentiments dans les délibérations
« préliminaires, et de se réunir à une majo-
« rité coupable ou égarée. Nous commen-
« çâmes par arracher à notre roi le manteau
« de son inviolabilité constitutionnelle, par
« le condamner avant de l'entendre, par lui
« refuser tout sursis, par violer le dogme de
« la religion sociale que nous venions d'éta-
« blir, celui de la souveraineté du peuple,
« en ôtant à l'auguste accusé la faculté
« de l'appel ; nous voulions réserver tout
« notre courage pour le moment où il s'agi-
« rait de l'application de la peine. J'eus donc
« aussi cette première condescendance pour
« les passions forcenées, ou plutôt je me
« laissai entraîner à ces premières lâchetés,
« gage assuré de la dernière ; car d'un ins-
« tant à l'autre les circonstances devenaient
« plus menaçantes, le poste plus périlleux.
« Étrange position que celle d'admettre des
« principes dont on se promet de repousser
« ensuite les conséquences, comme si les con-
« séquences n'étaient pas toujours forcées et

« inévitables! comme s'il ne fallait pas plier
« devant la fatalité qu'on a faite soi-même !
« D'ailleurs nous nous trouvions tous au
« milieu d'hommes que le comble même
« du crime n'épouvantait point; et nous,
« timides et irrésolus, nous ne pouvions
« nous communiquer nos pensées pusilla-
« nimes.

« Je ne vous parlerai point non plus ni de
« cet acte d'accusation qui était un tissu
« de mensonges ou d'inculpations sans auto-
« rité; qui dénaturait les faits en les isolant,
« en les empoisonnant ou en les falsifiant;
« qui tronquait des pièces déja frappées de
« discrédit par elles-mêmes ou par la manière
« dont elles avaient été recueillies : je ne vous
« parlerai ni de cette violation si évidente
« de toutes les formes juridiques, conserva-
« trices de l'innocence, ni de cet interroga-
« toire où le trouble le plus ignoble et l'in-
« quiétude la plus passionnée étaient du
« côté des juges, et le calme le plus majes-
« tueux, le plus inaltérable, et, pour ainsi
« dire, le plus impassible, du côté de l'ac-

« cusé; ni de cette défense qui fut à la fin
« permise, mais qui ne fut qu'une odieuse
« dérision puisqu'elle ne put être ni prépa-
« rée ni appuyée par aucun des documents
« nécessaires, et qui ne devait servir qu'à
« faire éclater le généreux dévouement de
« deux Français. Tous ces détails ont été re-
« cueillis par l'histoire, et je n'ai à vous en-
« tretenir que de moi.

« Lors donc que fut venue la terrible jour-
« née du jugement, je me rendis à la conven-
« tion. Je voulais, et d'autres voulaient com-
« me moi, anéantir, dans ce dernier acte d'un
« pouvoir usurpé, les concessions que nous
« avions faites. Je croyais, oui je croyais que
« ma chétive voix pourrait s'élever en faveur
« du juste. Ah! je ne puis me lasser de le ré-
« péter, quel profond malheur que d'être
« à-la-fois faible et présomptueux!

« Monsieur, s'il pouvait y avoir quelque
« excuse pour moi, c'est-à-dire pour un
« caractère dépourvu de toute énergie au
« moment de l'épreuve, je vous peindrais
« cet appareil menaçant qui entourait l'as-

« semblée, je vous peindrais cette terrible
« stupeur de l'assemblée elle-même; je vous
« dirais les cris affreux d'une vile populace,
« qui couverte de sang ne demandait qu'à en
« répandre encore, et qui sur-tout voulait le
« sang du juste; je vous dirais ce délire so-
« lennel et muet qui vint s'emparer des pré-
« tendus juges, qui vint transformer tant
« d'ames, jusqu'alors des ames humaines,
« en véritables instruments de crime et de
« mort.

« Enfin le moment de voter arriva. Mes
« oreilles entendirent des accents inouis
« qui troublaient l'affreuse monotonie d'un
« murmure d'effroi; elles entendirent des
« discours sans suite, expressions sacriléges
« qui planaient avec terreur sur l'assemblée,
« blasphèmes qui me glaçaient d'épouvante.
« J'étais résolu, oui j'étais résolu de m'ab-
« soudre moi-même en prononçant l'absolu-
« tion de l'innocent. Je cherchais d'avance à
« compter les voix, à les deviner, à interro-
« ger jusqu'au trouble des consciences. Ce
« sentiment sympathique et contagieux qui

« vient se saisir d'une multitude assemblée,
« qui se réfléchit de tous sur chacun, restait
« impénétrable pour moi, et je ne pouvais
« rien prévoir. J'espérais cependant que, soit
« justice de la part des uns, soit pitié de la
« part des autres, le grand parricide ne s'a-
« chèverait pas.

« Déja plusieurs votes avaient été émis, et
« ces votes divers me faisaient passer par
« toutes les incertitudes les plus cruelles,
« par toutes les alternatives de l'abattement
« et de la douleur. Je les notais avec angoisse
« dans ma mémoire. Celui dont un sort cruel
« appela le nom immédiatement avant le
« mien prononça d'une voix assurée l'arrêt
« de mort. Des murmures d'une exécrable
« approbation l'accompagnèrent lorsqu'il
« descendit de la tribune ; des murmures de
« menace me suivirent lorsque je me pré-
« sentai pour y monter. J'y arrive en frémis-
« sant. Je sentis sur moi comme mille poi-
« gnards. Tous les yeux à-la-fois furent spon-
« tanément fixés sur moi : cette multitude
« de regards inquiets et inexorables ainsi

« concentrés exercèrent aussitôt sur mon
« ame une puissance surnaturelle de trouble
« et de fascination que je ne puis expliquer.
« Autour de moi rien ne m'encourageait, et
« tout au contraire m'épouvantait. Aucun
« cœur ne répondait au mien. Je me trouvais
« seul comme un homme suspendu sur le
« penchant d'un abyme, et privé de tout
« secours. Livré à l'abandon le plus absolu,
« je ne sais quel attrait du crime, je ne sais
« quel goût du remords et du désespoir vint
« saisir avec des bras de fer une pauvre créa-
« ture délaissée. Eh Dieu ! je crois qu'en ce
« moment funeste une parole inconnue, une
« parole qui n'était pas la mienne, vint se
« placer sur mes lèvres iniques. Arraché de
« ma propre conscience, perdu dans la con-
« fusion de mes idées et de mes sentiments,
« j'étais un être sans moralité. Ma bouche,
« devenue le plus vil instrument, avait à
« mon insu prononcé l'arrêt de mort. Que
« ne m'est-il permis d'en douter ? Mais je l'ai
« entendu aussi distinctement que le vote de
« celui qui m'avait précédé ; je l'ai entendu

« comme une voix étrangère qui mentait à
« ma pensée, qui immolait ce que j'avais de
« plus cher en moi. D'ailleurs n'ai-je pas vu,
« malgré tout le désordre de mes sens, cette
« joie atroce et convulsive, ce mépris insul-
« tant, qui se manifestèrent sitôt qu'on eut
« acquis une voix sur laquelle on ne comp-
« tait point?

  « Dès que je fus descendu de la tribune, me
« faisant horreur à moi-même, je voulus y
« remonter pour me rétracter, pour abju-
« rer le crime de mes lèvres; le souverain
« juge, le juge des peuples et des rois, qui
« lisait dans nos cœurs, sait seul si j'aurais
« eu le courage d'accomplir cette généreuse
« résolution; mais je fus écarté de la fatale
« tribune par plusieurs de mes collégues
« frappés comme moi de l'anathème céleste.
« Du moins quelques uns étaient affermis
« dans leurs fanatiques opinions, et ils ve-
« naient avec une sinistre impatience jeter
« une goutte de sang sur le crêpe dont la pa-
« trie était couverte. Quelques uns croyaient
« échapper à la guerre civile en achevant de

« réduire en poudre le trône antique de
« Clovis. Sans haine réelle contre Louis XVI,
« il était nécessaire à leurs yeux que la mort
« de celui qui fut roi vînt rendre à jamais
« impossible le retour des institutions an-
« ciennes. C'était moins l'homme que la
« monarchie et la royauté qu'ils immolaient.
« Ils regardaient le lien du sang et du crime
« comme le plus fort de tous. Plusieurs mê-
« me, semblables au second Brutus, frap-
« paient en gémissant cette victime désar-
« mée. D'autres, pareils aux prêtres de cer-
« taines divinités païennes, se hâtaient d'ac-
« cumuler tous les malheurs sur une seule
« tête, d'accabler d'imprécations un seul
« homme, pour lui faire porter toutes les
« calamités des peuples. Dans leur étrange
« superstition ils pensaient n'avoir jamais
« assez tôt immolé un infortuné rejeté par
« la tempête entre leurs mains barbares.
« D'autres ne prétendaient qu'à ensevelir
« tous leurs forfaits précédents sous l'éclat
« de ce dernier forfait, à tuer le remords à
« force d'attentats. D'autres peut-être ne

« voulaient que se débarrasser du spectacle
« déchirant d'une si grande infortune, ôter
« du milieu d'eux le sinistre emblème des
« adversités, l'image importune des plus
« grands revers. Sans doute encore il y en
« avait qui, lassés de la constance d'une si
« haute vertu, eussent desiré de l'anéantir.
« D'autres enfin, affreux courtisans de la
« multitude, et sous le poids d'une invin-
« cible terreur, convaincus d'ailleurs que
« l'innocent devait périr, exagéraient l'ex-
« pression de la férocité, pour écarter de
« leur poitrine le fer sanglant dont ils se
« croyaient seuls et sans cesse menacés ; ils
« pensaient ne pouvoir trop chèrement ache-
« ter une vie abjecte et misérable. Qui ten-
« terait, monsieur, d'expliquer tout ce qui
« se passe dans le cœur des hommes lorsqu'ils
« sont la proie de si vives, de si tumultueu-
« ses, de si rapides agitations? Et moi, au-
« rais-je pu, pourrais-je encore expliquer
« moi-même ce qui se passait dans le mien?
« Que sais-je si, lié comme j'étais par cette
« odieuse confraternité de parricide; que

« sais-je si, dans le cruel abandon où je me
« trouvais...... Ah! faut-il qu'après tant d'an-
« nées il me reste un tel doute?.... Non, non,
« je sais seulement que j'écoutais avec une
« anxiété terrible; je sais que les différents
« votes me frappaient d'une égale horreur,
« parcequ'à chacun je faisais un retour sur
« le mien; et tous, quels qu'ils fussent,
« renouvelaient mon supplice. Quel droit
« avais-je pour desirer le salut du juste,
« pour exiger des autres un courage que je
« n'avais pas eu, pour oser même accuser
« ou leur fanatisme ou leur égarement? Et
« même les formes cruelles du langage, dont
« quelques uns ne se servaient que pour se
« faire pardonner ou leur clémence, ou leur
« pitié, ou leur justice si tardive, n'étaient-
« elles pas une preuve certaine que la vic-
« time, toute couverte déja des bandelettes
« du sacrifice, n'échapperait pas à sa funeste
« destinée? La plupart de ceux qui voulaient
« sauver cet homme qui fut roi n'insultaient-
« ils pas à plaisir la majesté tombée? Pour le
« soustraire à la mort ne le couvraient-ils

« pas de mille outrages? Ainsi le divin Repré-
« sentant de la nature humaine, après avoir
« été soumis aux plus infames traitements,
« parut devant le peuple avec une couronne
« d'épines et un sceptre de roseau dans la
« main. Faible et lâche comme ceux de mes
« collègues qui ne votaient pas la mort, mais
« des peines ignobles, le proconsul romain
« ne put sauver le juste en le couvrant du
« manteau de la douleur et de la dérision.
« Et moi, insensé! tous ces outrages gratuits,
« dont on abreuvait mon roi, et qui lui lais-
« saient la vie, me faisaient une sorte de
« bonheur stupide. Bientôt toutes mes alter-
« natives de crainte et d'espérance cessèrent.
« J'eus trop de complices. Le père du peuple
« fut condamné; il le fut à une majorité
« douteuse. Une sueur froide vint alors inon-
« der mon visage. Le frisson de la terreur
« parcourait tous mes membres. Mais dois-je
« oser vous le dire? je sentis d'abord comme
« un immense soulagement; je pus respirer
« sous le fardeau de l'ignominie. Serait-il
« donc vrai que l'extrême malheur fût pré-

« férable à l'attente du malheur? Serait-il
« donc vrai aussi que l'on trouve quelque
« repos au fond de l'abyme? Du moins je
« pouvais sans trop de confusion tourner les
« yeux autour de moi : j'avais des compa-
« gnons de rage et de désespoir; je n'étais
« pas seul sur l'étang de feu.

    « Cependant la profonde abjection où j'étais
« tombé n'avait pas achevé de me pervertir.
« Une espérance me restait encore, espérance
« vague et incertaine, mais qui, nourrie
« dans mon sein, acquit peu-à-peu une grande
« force. Je disais en moi-même : non, il n'est
« pas possible qu'un tel crime soit consommé
« à la face du ciel, en présence d'un grand
« peuple, d'un peuple qui a toujours marché
« si noblement dans les voies de l'honneur
« et de la civilisation. Insensé mille fois!
« comme si, arrachée des mains des bour-
« reaux, la victime dévouée n'eût pas ren-
« contré ou les piques de septembre ou les
« poignards des juges assassins! D'ailleurs,
« et je l'ai bien compris depuis, l'arrêt qui
« venait d'être prononcé n'était-il pas le par-

« ricide lui-même? Le sceptre des rois ne
« venait-il pas d'être ignominieusement
« brisé? La vie où la mort de cet homme qui
« n'était plus qu'un homme de bien, puisque
« sa couronne avait été traînée dans la fange
« et le sang, la vie de cet homme précipité
« du trône.... ah! vous frémissez, monsieur,
« et des paroles si nouvelles pour vous alar-
« ment votre conscience irréprochable; j'a-
« chèverai néanmoins, dussiez-vous me reti-
« rer toute votre pitié, dussiez-vous m'acca-
« bler de tout votre mépris.... la vie ou la mort
« de cet homme n'étaient-elles pas devenues,
« en quelque façon, des choses indifférentes
« et comme de simples accidents?

« De telles pensées sans doute ne peuvent
« se présenter à l'esprit que de celui qui a
« trempé ses mains dans le sang, et encore
« lorsqu'il est séparé par de longues années
« du jour où il a commis un si grand atten-
« tat, lorsque l'ame tout entière a été, pen-
« dant ces longues années, employée à pé-
« nétrer les mystères profonds des événe-
« ments. Ombre auguste que je continue

4

«d'outrager, si toutefois il est possible de
«vous outrager, ombre auguste, vous le sa-
«vez sans doute, ce n'est point pour affaiblir
«le sentiment de mon crime, ce n'est point
«pour être moins à l'étroit dans les liens du
«remords, que j'ose ainsi me livrer à d'in-
«concevables méditations.

   «Pardon, monsieur, je reviens à mon
«triste récit. Tout semblait consommé du
«côté des juges de Louis XVI, lorsque les
«défenseurs de ce roi de toutes les adversi-
«tés se rendirent au sein de la convention
«pour accomplir un dernier devoir de leur
«ministère sacré. Hommes heureux dont
«j'enviais si bien le sort, vous qui illustriez
«à jamais votre vie par un si beau dévoue-
«ment, pendant que moi j'allais être con-
«damné à traîner la mienne dans l'oppro-
«bre, que j'eusse voulu, au prix de vos no-
«bles dangers, de dangers mille fois plus
«grands encore, être comme vous à la barre
«de l'assemblée, et, comme vous, parler au
«nom d'un roi réservé au supplice, au nom
«d'un roi qui n'avait plus à répandre que

« des malheurs pour graces! Hommes dignes
« de tous nos respects, qu'avez-vous à dire
« aux bourreaux de Louis XVI? Qu'y a-t-il
« de commun entre vous et eux? Ah! vos
« discours seront simples et modestes com-
« me il convient lorsqu'on remplit une mis-
« sion du juste qui n'est plus roi, mais qui
« est le premier des mortels, et dont la place
« est toute prête dans le ciel. Ils ne se plain-
« dront point; ils ne protesteront point con-
« tre l'iniquité de l'arrêt; ils ne déposeront
« point l'amertume de leurs accusations au
« pied du trône éternel de celui qui juge les
« justices; toutes paroles qui eussent été
« vaines et triviales dans de pareils moments!
« Les consciences savaient plus de choses
« qu'on ne pouvait leur en révéler.

« Quelques jours auparavant, Louis XVI
« avait interdit à ses défenseurs la faculté
« d'employer les ressources de l'éloquence,
« moyens qui sortaient naturellement d'une
« telle cause, si c'eût été en effet une cause,
« s'il se fût agi du triomphe ordinaire de
« l'innocence et de la justice momentané-

4.

« ment voilées de quelques nuages. Il leur
« avait fait supprimer la péroraison de sa
« défense, parcequ'elle était trop pathétique
« et trop touchante. Il n'eût pas voulu des-
« cendre à attendrir les juges que le crime
« lui avait donnés. Lors donc que les défen-
« seurs de Louis XVI se présentent pour la
« dernière fois, ils contiennent encore leur
« ame dans les limites d'une simple discus-
« sion : toujours fidèles aux intentions de leur
« auguste client, ils se bornent à remarquer
« la faible majorité qui a suffi pour le con-
« damner, et l'incertitude même de quel-
« ques uns des votes ; ils se bornent à remar-
« quer de plus que les formes admises pour
« les jugements criminels exigent un plus
« grand nombre de voix contre un accusé ;
« et ils concluent de toutes ces remarques la
« convenance plutôt que la justice de l'appel
« au peuple. Quelques lignes écrites par
« Louis XVI lui-même contiennent cette
« demande exprimée avec les termes du bar-
« reau, comme aurait fait un simple parti-
« culier devant des juges communs à tous,

« pour en appeler légalement à un tribunal
« supérieur. Cet acte est terminé par l'ex-
« pression noble et pure de sa persévérante
« confiance dans les anciennes affections d'un
« peuple que le malheureux monarque a
« aimé jusqu'à la fin. Mais cet écrit ne con-
« tient ni plainte, ni regret, ni pensée de ce
« qui fut, ni retour vers le passé, ni recours
« à l'avenir. Cet acte enfin ne semblait avoir
« été écrit par lui que dans un sentiment
« tout-à-fait désintéressé de ses propres in-
« fortunes, seulement pour décharger la na-
« tion d'une si redoutable solidarité, et la
« faire peser tout entière sur l'assemblée
« coupable. Encore eût-il voulu, en la cou-
« vrant elle-même de sa céleste mansuétude,
« la soustraire aussi à l'anathème vengeur.
« M. de Malesherbes, vieillard vénérable
« qui ne tardera pas de suivre au supplice
« son ancien maître, ah ! disons mieux, son
« modèle et son ami, M. de Malesherbes
« prononça quelques mots entrecoupés par
« sa profonde émotion. Ces mots sans suite
« n'avaient d'autre sens que celui qu'ils re-

« cevaient de la solennité du moment et des
« cheveux blancs du noble vieillard. Mais
« quel moyen de toucher des hommes qui
« avaient pu voir d'un œil sec la décadence
« de ce qu'il y a de plus grand sur la terre !
« Qui le croirait ! la demande de Louis XVI
« et de ses défenseurs ne fut pas même l'objet
« d'une délibération : elle fut écartée avec
« indifférence par l'ordre du jour.

« Le 21 janvier luit tristement sur la
« France consternée. Il faisait un froid très
« pénétrant ; le soleil était enveloppé d'épais
« brouillards. Quelle nuit longue et affreuse
« je venais de passer, et que de nuits non
« moins longues et non moins affreuses celle-
« là m'annonçait ! Si le sommeil, un sommeil
« de plomb, s'approchait un instant de ma
« paupière, aussitôt une voix terrible me
« réveillait pour me raconter mon crime,
« pour me dire les suites de mon crime. Une
« implacable furie était debout devant moi
« et me promettait de ne plus me quitter.
« Quelquefois je voyais le juste élevé déja au
« sommet de la gloire laisser tomber sur moi

« des regards sereins et compatissants. Quel-
« quefois encore il me semblait que Dieu
« allait briser, à cause de moi, l'ouvrage de
« la création ; et je ne sentais qu'avec une
« terreur intime que j'avais une ame immor-
« telle. J'étais sorti de ma demeure avant le
« jour, et je vis les apprêts qui se faisaient
« pour le sacrifice.

« Une multitude d'hommes armés, pris
« au hasard, mêlés de manière à ce qu'ils
« fussent tous étrangers les uns aux autres,
« seulement distingués entre eux par des
« marques de craie blanche sur leurs habits,
« selon les différentes sections auxquelles ils
« appartenaient, dirigés par des chefs dé-
« voués à la cause impie, comme un vil bé-
« tail que le boucher conduit à la mort ;
« cette multitude formait une haie de soldats
« d'emprunt, disposée sur la longue route
« que devait parcourir le descendant de
« soixante-cinq rois, pour aller de sa prison
« à l'échafaud. Tous les habitants de cette
« grande cité étaient restés dans leurs mai-
« sons exactement fermées comme autant de

« prisons, car tel fut l'ordre auquel il fallut
« obéir. Nul n'avait la faculté d'aller et de
« venir dans les rues, si ce n'est ceux à qui un
« poste ou un emploi avait été assigné. La
« ville était changée en une solitude im-
« mense, affreusement animée par le funeste
« et silencieux appareil du supplice. Et moi,
« je ne pouvais errer dans cette solitude
« que par l'odieux privilège du parricide.

    « Je voulus m'approcher du Temple et voir
« ces tours funèbres où Louis XVI était en-
« fermé avec la plus déplorable des familles.
« On vous a dit la scène déchirante des
« adieux ; je n'ai point à vous la retracer, et
« je n'en serais pas digne. Jamais je n'ai pé-
« nétré dans ce sanctuaire de tous les mal-
« heurs et de toutes les vertus ; je voulus
« suivre la victime auguste ; je me mêlai à
« cette troupe morne et étonnée, qui se re-
« muait par une consigne inconnue, et qui
« avait des armes à condition de ne s'en
« servir que contre elle-même. Peut-être,
« hélas ! un petit nombre d'hommes de cou-
« rage et dévoués eussent suffi pour délivrer

« le juste; mais je ne sais quelle puissance
« invincible enchaînait toutes les ames gé-
« néreuses, car ce n'est pas le sentiment du
« danger qui peut ainsi frapper d'immobilité
« un grand peuple. Peuple français, sans
« doute tu avais trop à expier pour que le
« sang innocent ne fût pas versé pour toi et
« en ton nom. Et lui, cet homme qui fut ton
« roi, qu'avait-il mérité? Ah! il avait mérité
« de ne plus habiter une terre désormais li-
« vrée à toutes les malédictions célestes. Dieu
« voulait l'ôter du milieu de nous avant d'a-
« chever de vider la coupe de la colère; Dieu
« enfin voulait le faire sortir du monde,
« comme jadis les envoyés de Dieu firent
« sortir un autre juste d'une ville coupable
« qui allait périr dans un abyme de feu.

« Cette multitude armée, marchant avec
« ordre autour et à la suite du char où
« reposait paisiblement celui qui attendait
« la couronne du martyr, cette multitude,
« impassible en apparence, gémissait avec
« amertume. J'ai vu des larmes couler sur la
« plupart des visages, mais ces larmes étaient

« aussitôt essuyées avec effroi. Il y avait dans
« tout cet appareil et dans tout cet ensemble,
« comme dans tous les esprits et au fond de
« tous les cœurs, l'étreinte de l'anathème et
« d'une immense douleur. Ce n'était point
« une victime vulgaire qui allait être immo-
« lée; la royauté apparaissait toujours ; elle
« se manifestait jusque dans le soin que l'on
« mettait à l'effacer. On protégeait par les
« armes l'assassinat de celui qui, dans le temps
« où il était revêtu de la puissance, refusa de
« protéger au prix du sang son pouvoir, sa li-
« berté, sa vie. Malgré leur audace, malgré
« leur feinte assurance, les hommes de la ré-
« volte s'effrayaient du coup dont le retentis-
« sement ébranlait le monde. Ils ne pouvaient
« être rassurés par le déploiement de toute
« cette force militaire. Avec ces cent mille sol-
« dats d'un jour, ils auraient porté la désola-
« tion dans tout un empire, et ces cent mille
« soldats suffisent à peine pour leur faire
« croire à l'impunité et à la consommation
« du sacrifice. Il fut facile alors de recon-
« naître que le prestige de la puissance

« avait survécu à la puissance abattue ; l'in-
« nocence si indignement outragée poussait
« un cri sourd qui était entendu de tous. Le
« fanatisme se taisait. Une invincible pitié,
« une invincible horreur qu'ils ne pouvaient
« étouffer commençaient les tourments d'un
« grand nombre, leur prédisaient une écla-
« tante punition. Ainsi, ceux mêmes qui dé-
« vaient triompher d'une si funeste victoire
« ne triomphaient point, et l'épouvante gi-
« sait dans toutes les ames.

    « Cependant tout était calme, immobile,
« enchaîné. Nul n'osa sortir de cette profonde
« stupeur pour prononcer ou le mot de grace
« ou le mot de salut. Plusieurs pensaient en
« eux-mêmes qu'inutilement on chercherait
« à sauver le prince dont on déplorait le sort ;
« et cette pensée vague d'une destinée inexo-
« rable mettait à l'aise toutes les lâchetés.
« N'était-il pas trop vraisemblable en effet
« que toutes les précautions avaient été pri-
« ses ; que des assassins attentifs aux moin-
« dres mouvements de pitié, ignobles et im-
« passibles instruments des passions furieu-

« ses, fussent placés près du char funèbre
« pour immoler à l'instant même celui dont
« la mort avait été si solennellement jurée,
« pour l'immoler au moindre signe ; pen-
« dant que les canons qui roulaient autour
« du char auraient jeté le désordre, la con-
« fusion, mille horribles trépas au sein de la
« multitude ? Le crime puise à pleines mains
« dans les trésors inépuisables du crime ; ses
« ressources sont infinies parceque rien ne
« borne ses exécrables conceptions, et il met
« pour parvenir à ses fins une énergie que
« n'eut jamais la vertu. D'ailleurs tous ceux
« qui assistaient à cette cruelle agonie de la
« société elle-même, et qui y assistaient avec
« un cœur déchiré, étaient isolés, sans com-
« munication entre eux, dans un état de
« défiance et de consternation qui ôte toute
« force morale. Pendant que l'on recueille
« ses esprits, le temps, qui ne s'arrête point,
« amène une suite d'instants, d'instants iné-
« vitables, jusqu'à ce qu'enfin le dernier de
« ces instants inévitables, l'instant fatal soit
« arrivé.

« Toutes ces réflexions je ne les faisais
« point alors. Les émotions étaient trop ter-
« ribles, trop concentrées, pour laisser la
« liberté de penser ou de se rendre compte
« de ses propres pensées. Eh ! pardonnez-moi,
« monsieur, si j'interromps ainsi mes récits
« pour vous faire part de mille idées confuses
« qui se mêlent dans mon esprit éperdu.
« Hélas ! depuis si long-temps une seule chose
« m'occupe, une seule chose m'absorbe ; je
« suis, pour ainsi dire, sans passé et sans
« avenir, tant cette chose seule, tant ce sen-
« timent unique sont toujours présents de-
« vant moi ; depuis si long-temps aussi je n'ai
« parlé à personne de mes troubles et de mes
« angoisses. Il n'est donc pas étonnant que
« mes discours soient sans suite.

« Vous savez, monsieur, quel lieu fut choisi
« pour l'immolation du père de la patrie ; et
« ici il faut encore admirer la profondeur de
« la haine qui avait déterminé un pareil
« choix. Ils se trompèrent néanmoins dans
« leur calcul barbare : l'objet d'une vengeance
« si cruelle et si peu méritée était plongé

« dans de trop hautes pensées pour qu'il pût
« être accessible à ces vains regrets d'une
« grandeur qui n'était plus. L'homme qui
« allait payer de sa vie une vie consacrée au
« bien, avait secoué de son vêtement mortel
« cette poussière dont il fut couvert par l'é-
« croulement du trône du grand roi. Ce fut
« donc devant son propre palais, devant le
« palais de ses aïeux, que fut dressé l'écha-
« faud. Hélas! ce palais, que près d'un siécle
« avait désaccoutumé de toutes les magnifi-
« cences humaines, n'avait jamais été habité
« par le monarque infortuné que pour être
« changé d'abord en une fastueuse prison,
« ensuite en une prison plus étroite, d'où il
« fallut encore sortir pour aller, dans la tour
« du Temple, attendre le jugement et la
« mort. La place de Louis XV, cette place
« immense, destinée jusqu'alors aux fêtes
« publiques, devait être témoin du parricide,
« devait être arrosée du sang innocent. Ah!
« ce furent bien des fêtes que ces fêtes de l'hy-
« ménée royal dont ce lieu rappelait la mé-
« moire, et qui furent troublées par de fu-

« nestes catastrophes. Sinistre présage d'une
« si déplorable fin ! Les événements les moins
« prévus contiennent-ils donc les pressenti-
« ments de l'avenir ? Y aurait-il une destinée
« menaçante enfermée d'avance dans les pro-
« messes mêmes d'une longue félicité ? Ah !
« les voilà qui vont se réaliser ces prédictions
« de sang, de deuil, de larmes, sorties du
« sein de l'alégresse publique. D'un côté ces
« jardins superbes, d'un autre côté ces lon-
« gues avenues croisées de beaux arbres, où
« une population, jadis paisible et pleine
« d'amour pour son roi, se plaisait, dans les
« jours heureux, à chercher d'innocentes dis-
« tractions : tout était au loin désert. Ainsi
« toutes ces pompes de tant de siècles, ce
« palais où se sont succédé tant de généra-
« tions illustres, tout cet ensemble si majes-
« tueux et si imposant n'allait servir que de
« cadre funèbre au plus funèbre des tableaux.
« La victime ne devait quitter la terre qu'a-
« près avoir laissé tomber un dernier regard
« sur ces splendeurs passées, qu'après avoir,
« sans doute involontairement, laissé égarer

« son esprit attristé dans mille souvenirs
« de gloire et d'adoration. Ah! si toutes ces
« grandeurs éclipsées se représentèrent à
« Louis XVI, ce ne fut qu'une image tout-à-
« fait fugitive; le bien qu'il avait fait, le bien
« qu'il avait voulu faire, les graces qu'il avait
« répandues, durent aussi consoler son ame.
« Mais, je l'ai déja dit, les assassins si soi-
« gneux d'ajouter à l'horreur du supplice
« s'étaient trompés, et Louis XVI n'habitait
« plus dans les jours écoulés; il devançait les
« jours éternels. Il avait pardonné sur la terre,
« il méditait les pardons du ciel. Peut-être
« l'angoisse des adieux à sa malheureuse fa-
« mille, cette angoisse elle-même s'était-elle
« déja écoulée dans les solennelles médita-
« tions d'un avenir qui sera bientôt un pré-
« sent sans trouble et sans fin. D'ailleurs ce
« palais des rois n'avait-il pas été, avant le
« séjour du Temple, la royale prison du mo-
« narque? Dans ce palais des rois dont la ré-
« volte effrénée avait fermé toutes les issues,
« n'avait-il pas eu le temps de préparer sa
« grande ame à la douloureuse délivrance?

« Cependant je suivais toujours, me détes-
« tant toujours de plus en plus, Je ne pou-
« vais espérer de secours dans les hommes
« ni dans les choses qui paraissent soumises
« à l'incertaine volonté des hommes, et je
« levais les yeux au ciel avec une foi d'émo-
« tion qui me faisait un vrai soulagement.
« Je croyais sentir en moi que les nuées de-
« vaient s'ouvrir, et qu'un envoyé de Dieu ar-
« riverait pour soustraire le juste à la mort
« de l'échafaud, pour épargner à mon infor-
« tunée patrie le plus grand des attentats et
« les châtiments qui en sont la suite, pour
« m'affranchir, moi méprisable ver de terre,
« qui ne mérite que d'être foulé aux pieds,
« pour m'affranchir d'un remords qui était
« trop étranger à ma nature et que je ne
« pouvais supporter. Il me semblait enfin
« que le juste eût pu mieux périr si j'eusse
« moins souffert de mon crime. Mais il ne
« descendit du ciel qu'un ange invisible
« qui apportait la couronne des saints,
« qui venait soulever l'ame de mon roi de
« dessous le fardeau des misères humaines.

« Comment expliquer toutes les contra-
« dictions du cœur de l'homme? Je vous ai
« confessé, monsieur, mes faiblesses et mon
« abjection. Je n'avais pu trouver en moi,
« comme je vous l'ai dit, assez de force
« pour être pur du sang innocent, et j'en
« trouvai assez pour le voir répandre. N'eût-
« on pas dit que je voulais m'assurer que ma
« victime ne m'échapperait pas? N'eût-on
« pas dit que je voulais rassasier mes cruels
« regards du supplice de celui que je venais
« de condamner? N'eût-on pas dit que j'étais
« là pour crier : « Tombe sur moi et sur les
« miens le sang du juste! » Oui, quelque
« dégradé que je fusse à mes propres yeux,
« j'osais assister au plus beau spectacle qu'il
« soit donné à l'homme de voir, et que des
« philosophes anciens jugèrent digne de la
« divinité elle-même. Mais ici, ce n'était
« point un homme privé que ses hautes ver-
« tus garantissaient de la plus grande des
« ignominies, celle de mourir de la mort des
« scélérats. Ah! c'était le père de la patrie
« qui venait, avec une résignation religieuse,

« déposer sur un échafaud les derniers lam-
« beaux de sa triste couronne; qui venait
« prier, à son heure suprême, le maître sou-
« verain des peuples et des rois, le régula-
« teur éternel des destinées sociales, d'agréer
« le sacrifice de sa vie en expiation du par-
« ricide et des égarements du peuple qui lui
« fut confié : c'était la royauté elle-même,
« qui, restée pure et sans tache, se glorifiait
« de son inévitable résurrection, puisque
« nul crime, nul excès ne pouvait lui être
« attribué. La sublimité d'un tel spectacle
« semblait en voiler toute l'horreur pour
« moi-même affreux complice de l'assassinat.

« Je vis donc avec une sorte de calme inté-
« rieur, c'était sans doute le calme de la victi-
« me auguste qui se réfléchissait sur moi,
« son ignoble bourreau; je vis bien distincte-
« ment, car je n'avais alors ni larme dans
« les yeux, ni trouble dans l'ame, je vis le
« prince magnanime lorsqu'il monta sur
« l'échafaud. Je le vis se tourner vers son
« peuple pour lui adresser ces paroles de par-
« don, qui reposaient au fond de son cœur

5.

« paternel, et qu'il avait déja consignées
« dans son testament de mort, monument
« sublime de la plus sublime clémence, puis-
« qu'elle embrassait à-la-fois le passé et l'a-
« venir. Il avait les mains liées derrière le
« dos ainsi que le plus obscur et le plus vil
« des scélérats, car aucun genre d'humilia-
« tion ne lui fut épargné ; mais il était en-
« core roi pour pardonner, et il n'était plus
« qu'un homme pour souffrir avec douceur
« tous les outrages, pour répéter, avant de
« mourir, qu'il était innocent et comme roi
« et comme homme. Un satellite de cette
« ombrageuse tyrannie à qui tout pouvoir
« était donné pour éprouver les bons, or-
« donne aussitôt un roulement de tambour,
« et la voix de Louis se perd dans ce bruit
« sacrilége. Ainsi donc ils firent tout ce qu'ils
« purent pour éloigner d'eux le pardon, pour
« rester à jamais sous le poids de l'anathème.

« Un prêtre du Dieu vivant, décidé à
« partager le martyre, avait accompagné
« Louis XVI jusqu'au pied de l'échafaud.
« Avant de se séparer de la victime résignée

« depuis si long-temps, il voulut lui adresser

« ses dernières exhortations ; mais qu'avait-il

« à lui recommander ? Tous les trésors de la

« miséricorde et de la religion n'étaient-ils

« pas renfermés dans cette ame sublime

« qui allait être dégagée de son enveloppe

« terrestre ? Le ministre du Dieu vivant ne

« sut que prononcer les paroles de l'apo-

« théose, paroles saintes que son Dieu plaça

« sur ses lèvres inspirées, et que le génie de

« l'histoire a gravées avec un burin d'or sur

« ses marbres immortels. Puis il bénit le fils

« de saint Louis, le fils du roi mort sur la

« cendre parmi les ruines de Carthage, et,

» se glissant derrière la foule consternée, il

« se perdit dans la solitude.

« Immobile, les yeux fixes, j'avais vu l'un

« des bourreaux couper les cheveux de l'au-

« guste victime ; mais je ne vis point la tête

« de mon roi tomber sous le fer du supplice.

« Un bandeau de lumière s'étendit en ce

« moment sur mes yeux éblouis, et changea

« l'instant du sacrifice en une apparition

« céleste. Je n'entendis ni ce que dit le bour-

« reau en présentant la tête au peuple, ni le
« sinistre cri de triomphe qui, m'a-t-on as-
« suré, s'éleva tout seul du sein d'un morne
« et religieux silence.

« Je me perdis aussi derrière la foule; mais,
« bien différent du saint prêtre, ce fut pour
« traîner après moi tous les fardeaux de ma
« conscience ; car, rendu à moi-même, ce
« qu'il y avait de si terriblement irrévocable
« dans la suite funeste de ma lâcheté se pré-
« senta devant moi comme une image cer-
« taine de l'irrémissibilité de mon crime.
« Dès-lors ne pouvant m'abjurer moi-même,
« j'abjurai mon nom.

« Je quittai Paris, après avoir réglé quel-
« ques affaires, afin de ne laisser aucune trace
« après moi. Je ne voulus pas même revoir
« mes parents navrés de douleur, ni mes
« amis, qui sans doute auraient renié le Ré-
« gicide. Hélas! devenu le vil rebut des hu-
« mains, j'étais seul sur la terre ; je me rappe-
« lai avec amertume que j'avais souvent desiré
« fixer mon sort dans une douce et paisible
« union. Différentes circonstances de ma vie

« avaient de jour en jour retardé le moment
« fortuné; mais l'espérance de cette grande
« félicité ne m'avait jamais entièrement
« abandonné. Ah! il fallait que le sentiment
« du bonheur domestique fût enfoncé bien
« avant dans mon cœur pour que le regret
« de ne l'avoir point obtenu vînt y trouver
« place au milieu de mes plus cruelles an-
« goisses. Comment aurais-je entraîné une
« pauvre misérable femme dans cet abyme
« de douleur et d'ignominie où je m'étais
« précipité? Comment aurais-je condamné
« de malheureux enfants à recevoir un tel
« héritage d'opprobre et de malédiction? Ne
« pensais-je pas quelquefois, dans mon éga-
« rement, que ma réprobation avait été pro-
« noncée avant l'heure de ma naissance, et
« que, victime lui-même d'une destinée im-
« placable, mon vénérable père avait peut-
« être commis quelque crime secret qui lui
« faisait mériter un fils parricide, quelque
« crime inconnu dont je devais à mon tour
« porter la peine? Oh! pardonnez à votre
« malheureux fils d'aussi funestes pensées.

« N'était-ce pas assez d'avoir souillé la vie que
« vous m'aviez donnée, ô mon père, sans vous
« attribuer encore toute la misère de ma
« chute? Non, non, ma famille fut toujours ir-
« réprochable; c'est moi qui ai commencé et
« qui finis pour elle les traditions du crime.

« J'errai quelque temps sans savoir où j'irais
« cacher mes honteuses douleurs, enfouir le
« reste de mes jours coupables. Enfin j'arri-
« vai dans ce lieu solitaire; j'y étais tout-à-
« fait étranger, et j'ai pu m'y laisser ignorer.
« Seulement la persécution, ainsi que je vous
« l'ai déja dit, fut quelquefois éveillée par
« mon nouveau nom; et je m'enfuyais pour
« éviter de laisser soulever ce voile de deuil
« et d'opprobre qui faisait toute ma consola-
« tion. Mes absences ne furent jamais ni lon-
« gues ni fréquentes; je retombais bientôt
« dans l'oubli que je desirais.

« Quoique si bien séparé du monde et de
« tout ce qui se passait sur la terre, je ne
« pouvais empêcher la renommée d'apporter
« de temps en temps jusqu'à moi le bruit
« confus de tant d'événements qui se succé-

« daient avec une effroyable rapidité. Ces
« grands théoriciens, ces sophistes législa-
« teurs, ces fabricateurs d'essais cruels de
« gouvernement, dont je venais de me sépa-
« rer, que j'avais laissés sur l'arène du crime et
« de l'anarchie, ne devaient pas tarder, pour
« la plupart, d'être immolés au milieu de la
« risée féroce de cette multitude qu'eux-
« mêmes avaient soulevée. Et souvent, du
« fond de ma retraite, j'ai pleuré sur eux.
« Hélas! plusieurs n'étaient point détrom-
« pés. Ils croyaient encore qu'il aurait pu en
« être autrement; ils ne s'accusaient donc
« point; ils mouraient avec un stoïcisme fa-
« rouche. Moi qui avais partagé leurs erreurs
« sans partager le courage et le fanatisme
« qui font que l'on admire en condamnant;
« moi, que toute la philosophie du siècle
« avait ébloui plutôt que convaincu, je m'in-
« struisais de plus en plus à me mépriser.
« Lorsque, parmi ceux qui, comme moi,
« s'étaient faits juges de Louis XVI, et qui
« étaient successivement désarmés de la
« faux terrible de la révolution pour en être

« dévorés à leur tour, je venais à découvrir
« tout-à-coup des prodiges de scélératesse
« que toute la force des circonstances, que
« tout l'emportement des passions ne pou-
« vaient expliquer, alors je m'écriais : « A
« quels monstres, grand Dieu! aviez-vous
« livré l'innocent! A quels monstres ai-je
« associé ma mémoire dans les siècles à ve-
« nir! » Alors je n'étais point même un affreux
« Séide d'une religion nouvelle, d'une reli-
« gion barbare ; je n'étais plus à mes yeux
« que l'infame et stupide complice d'une
« bande d'assassins. Quelquefois aussi je con-
« templais ce qu'il y avait de si odieusement
« ignoble dans ces étranges simulacres de
« gouvernement, et je me disais encore avec
« une singulière amertume : « Voilà donc l'hé-
« ritage que nous ont laissé toutes les élé-
« gances du siècle de Louis XIV ! voilà donc
« l'héritage que nous ont laissé toutes les
« mollesses et toutes les gloires littéraires
« du siècle suivant ! voilà donc ce qu'est de-
« venu le peuple le plus poli et le plus éclairé
« de l'univers ! »

«Mais toutes ces funestes méditations ne
«suffisaient point à mon supplice. Il fallait
«bien un autre aliment à mes remords! Je
«sentais comme un besoin infini d'augmen-
«ter mes angoisses, d'ajouter à mes tour-
«ments. Une providence vengeresse ne m'a
«point épargné de si cruelles révélations.
«J'ai su tout ce qu'il a pesé de calamités
«horribles sur la famille du monarque in-
«fortuné. J'ai su que la compagne de ses
«grandeurs et de ses adversités, la noble
«fille des Césars, avait fini par périr aussi
«sur l'échafaud. J'ai su que les modestes
«vertus de madame Élisabeth, cette prin-
«cesse admirable, si dévouée, qui fut un
«ange avant d'habiter parmi les anges, n'a-
«vaient pu désarmer les bourreaux. J'ai su
«que l'enfant auguste, héritier du trône
«sanglant de son père, après avoir végeté
«douloureusement sur la paille humide des
«cachots, avait succombé sous le poids des
«plus indignes traitements. J'ai su que la
«fille de Louis XVI, survivant seule à tant
«d'illustres funérailles, entourée d'un silence

« impénétrable comme dans les prisons muet-
« tes de Venise, n'avait enfin recouvré la
« liberté que pour quitter ce sol français
« abreuvé du sang de tous les siens. Destinée
« à errer d'exil en exil sur les terres étran-
« gères, que seront pour elle les jours de
« l'adolescence et de la jeunesse! Elle fut le
« prix d'un échange; elle ne fut pas même
« jugée digne d'une rançon. En abandonnant
« la France il ne lui était pas permis d'être
« rassurée sur les cendres sacrées qu'elle lais-
« sait parmi nous. Elle partait au sein de
« l'abolition et de la profanation de tous ses
« souvenirs.

« Mais que dis-je! j'ai su! Ah! j'ai long-
« temps ignoré la plus lamentable et la plus
« cruelle partie de ces royales infortunes.
« Peut-être même le jour de toutes les révé-
« lations n'est pas encore arrivé. J'ai donc
« long-temps ignoré tous les supplices qui
« ont précédé le dernier supplice, devenu
« enfin une délivrance. Oui, je savais cette
« affreuse solitude des prisons; mais pou-
« vais-je soupçonner tout ce que le délire du

« crime inventa pour rendre cette solitude
« et ce délaissement plus affreux encore ?
« Pouvais-je imaginer ces hideux haillons qui
« couvraient une grande reine ? C'est la pre-
» mière fois sans doute que la majesté royale
« et la beauté ont reçu de tels outrages. La
« mort seule jusqu'à présent avait eu le pri-
« vilége de flétrir ainsi les deux plus merveil-
« leuses idoles du cœur de l'homme. Enfin
« j'ai su, et je n'ose en renouveler l'odieuse
« mémoire, oui, j'ai su l'accusation étrange
« qui fut portée contre Marie-Antoinette, et
« l'innocent complice que les infames vou-
« lurent donner à une si monstrueuse accu-
« sation. Ah ! tous les visages des anges du
« ciel durent se couvrir de rougeur. Elle, la
« fille des Césars, la veuve du juste, compre-
« nant à peine l'inculpation inouie qui lui
« était faite, ne put qu'invoquer le témoi-
« gnage des mères. Elle en avait bien acquis
« le droit, cette haute créature qui fut une
« mère si tendre, si vigilante, si dévouée ;
« elle qui de toutes ses grandeurs ne regret-
« tait que de ne pouvoir être avec ses enfants,

« pour partager avec eux sa profonde dou-
« leur, pour manger avec eux le pain de la
« misère, pour raccommoder leurs grossiers
« vêtements comme elle était condamnée à
« raccommoder les siens, pour remuer enfin
« la paille de leur chétif grabat. Il ne faut
« pas s'y tromper, les sentiments les plus sim-
« ples de la nature ont quelque chose de plus
« élevé et de plus exquis dans les hauts rangs.
« Marie-Antoinette souffrait donc en même
« temps et comme reine et comme mère.

« En vérité, monsieur, j'aurais dû me trou-
« ver moins coupable lorsque j'apprenais de
« pareils détails; et toutes ces recherches d'une
« basse perversité auraient dû peut-être at-
« ténuer en moi le sentiment de mon crime :
« mais il n'en était pas ainsi. Il ne s'agit plus
« de rappeler et les pompes de Versailles, et
« la vanité de toutes les magnificences hu-
« maines, pour les comparer avec de telles
« décadences, avec de telles adversités. Toute
« expression humaine devient froide, et Bos-
« suet lui-même ne saurait où prendre des
« paroles pour les égaler à la douleur.

« Et sur-tout; faut-il encore réveiller en
« vous ce souvenir affreux ? et sur-tout le se-
« cond Régicide, le long meurtre de l'enfant
« de Louis XVI, recule toutes les bornes con-
« nues de la scélératesse et de la tyrannie. On a
« vu quelquefois d'ombrageux usurpateurs
« vouloir dérober aux regards les héritiers de
« droits antiques et vénérables. Des enfants
« sur lesquels reposaient des espérances que
« l'on voulait éteindre furent condamnés à
« languir dans l'obscurité : tantôt ils furent
« expatriés, ou élevés, sous de faux noms,
« dans une condition privée : tantôt ils fu-
« rent exposés dans les bois, à la merci des
« bêtes féroces, moins cruelles souvent que
« le cœur des ambitieux ; on jeta les uns dans
« des cloîtres ou des cachots ; d'autres ont
« été livrés à la mort par le fer ou le poison ;
« d'autres enfin ont été indignement mu-
« tilés, ou ont eu les yeux crevés par le feu.
« Tyrans et bourreaux de tous les temps qui
« nous ont précédés, que vous étiez peu sa-
« vants dans la science des tortures ! que vous
« étiez peu habiles à préparer le breuvage de

« la douleur et de la misère! allez, vous ne
« connaissiez pas toutes les ironies et toutes
« les dérisions que l'enfer peut réserver à la
« nature humaine la plus élevée.

« L'opprobre de la majesté royale n'avait
« pas satisfait les horribles factieux qui gou-
« vernaient la France. Ils voulurent flétrir
« par un attentat tout-à-fait nouveau cette
« majesté qui n'était pas tombée assez bas.
« L'innocence de Louis XVI avait préservé
« la royauté de toute atteinte contagieuse et
« mortelle. Le sang d'une victime pure ne
« souille point. Ils voulurent donc faire pé-
« nétrer la profanation jusque dans le sanc-
« tuaire où réside la puissance qui gouverne,
« la puissance qui reçoit les inspirations du
« ciel. Tout ce qu'il y a de saint dans l'in-
« nocence, tout ce qu'il y a de céleste dans
« la pudeur furent ternis par leur souffle
« impie. Le jeune roi les effrayait également
« par la beauté de son ame ingénue et par la
« beauté de sa ravissante figure. Ils voulu-
« rent essayer de le faire descendre au rang
« des animaux immondes, et de détruire à-

« la-fois l'intelligence et les organes. L'en-
« fant auguste portait sur son noble front la
« double empreinte de la plus haute huma-
« nité et de l'élection des races royales : ils
« voulurent, à force d'abjection et de tour-
« ments, essayer d'effacer cette double em-
« preinte, cette double auréole du souffle de
« Dieu. On épouvantait sa tendre et douce
« imagination, en troublant son sommeil
« par des terreurs subites, en exigeant, avec
« des dédains et des menaces, les services
« les plus humiliants, en jetant devant lui
« comme une vile aumône sa chétive et gros-
« sière nourriture, en plaçant sur ses lèvres
« virginales une sorte de langage inoui que
« les êtres les plus corrompus ne se permet-
« tent que dans leurs orgies. Le jeune martyr
« n'eut bientôt plus, dans son bouge infect,
« d'autre asile que son imperturbable silence
« où il persista jusqu'à sa mort, silence vrai-
« ment extraordinaire et sublime ! Sans doute
« il ne voulut plus proférer aucune parole,
« parceque la sainteté de la parole avait été
« outragée pour ce pauvre ange du ciel, res-

« té seul au milieu des méchants ; et sa mort,
« dernier acte d'une si douloureuse enfance,
« fut la triste fin d'une maladie dégradante,
« fruit horrible de tant d'impies traitements.
« Vous savez, monsieur, ce que des tyrans, à
« Rome, imaginèrent pour concilier le texte
« de la loi qui interdisait le supplice d'une
« vierge avec leur atroce besoin de répandre
« un sang innocent. La sorte de profanation
« qui fut alors inventée peut seule donner
« une idée de celle qui fut exercée sur l'en-
« fant malheureux, héritier de tant de rois,
« héritier du magnanime pardon de son père.

« Néanmoins, siècles futurs, le croirez-vous ?
« la convention fut soupçonnée d'avoir été
« trop compatissante à l'égard des enfants
« de Louis XVI, calomnie étrange, et qui
« seule caractériserait ces temps de délire et
« d'abrutissement ! Le comité de sûreté géné-
« rale, accusé d'avoir voulu assurer par quel-
« ques soins l'existence et l'éducation des deux
« orphelins du temple, était venu affirmer,
« au sein de l'assemblée, *qu'il avait été étran-*
« *ger à toute idée d'améliorer leur sort, ou de*

« leur donner des instituteurs, et qu'il n'avait
« eu en vue que le matériel d'un service confié
« à sa surveillance. Le comité et la convention,
« disait-il, savent comment on fait tomber la
« tête des rois, mais ils ignorent comment on
« élève leurs enfants. Et c'était quatre mois
« après le 9 thermidor que l'on repoussait
« une telle calomnie par de telles expres-
« sions ! Et c'était quatre mois après le 9 ther-
« midor que l'on continuait de mettre en
« oubli le décret rendu la veille du jour où
« le juste devait périr, si toutefois ce décret
« lui-même n'avait pas été déjà une atroce
« dérision de plus, une dernière raillerie de
« tout ce qui pouvait rester encore d'huma-
« nité dans le fond des cœurs ! Quoi qu'il en
« soit, par ce décret, conçu dans des termes
« que je n'oserais redire, il fut promis qu'a-
« près la mort du roi l'on prendrait soin de
« sa famille, et qu'on lui ferait un sort conve-
« nable. Justice du ciel, vous qui êtes quel-
« quefois si patiente à tout souffrir, parce-
« que le temps vous appartient, justice du ciel,
« que votre réveil est quelquefois terrible !

6.

« Après de tels crimes faut-il donc s'éton-
« ner. de toutes les calamités qui pesèrent
« sur ma patrie? Après de telles infortunes
« y a-t-il des infortunes qui puissent exciter
« la pitié? Eh bien, monsieur, suis-je assez
« coupable? car il faut bien que je m'accuse
« et de ces forfaits inouis, et de ces calamités
« que nulles calamités n'ont jamais égalées,
« et de tant d'infortunes diverses qui venaient
« s'asseoir au sein de toutes les familles. Il
« faut bien que tout le sang injustement ver-
« sé retombe sur ma tête, que toutes les in-
« famies s'attachent à mon cœur pour le dé-
« vorer sans relâche! Il faut que je porte
« aussi la peine du second régicide, long et
« silencieux attentat auquel je n'ai cepen-
« dant point participé. Je voudrais en vain
« secouer le fardeau de toutes ces épouvan-
« tables responsabilités. Il pèse sur moi comme
« une montagne.

« Qu'ajouterais-je, monsieur, à tout ce
« que je viens de vous dire? Vous entretien-
« drais-je encore de tout ce qui fut fait pour
« confirmer d'une façon si atrocement solen-

« nelle la religion du régicide? Vous parle-
« rais-je de la violation des tombes royales de
« Saint-Denis, de la fête sacrilége du 21 jan-
« vier où l'on exigeait le serment de la haine,
« fête instituée pour rendre le peuple entier
« complice du grand attentat que Louis XVI
« avait voulu ne faire porter que sur ses au-
« teurs? Vous peindrais-je ce peuple fran-
« çais traité par la vengeance du ciel, comme
« dans les anciens jours, ces hommes à qui
« l'on refusait le feu et l'eau ; sorte d'excom-
« munication immense dont il n'a pu être
« purifié que par d'immenses malheurs? Vous
« peindrais-je ce même peuple en quelque
« sorte exilé sur le sol dévorant où il souffre
« mille maux, n'ayant pas besoin d'être trans-
« porté sur les bords des fleuves de l'étranger
« pour regretter le patrie absente, et n'ayant
« d'autre refuge contre tant de fléaux de tous
« les genres que les camps ou les échafauds?
« Vous le montrerais-je n'échappant plus tard
« à l'anarchie que pour tomber dans les bras
« de fer du despotisme?

« Cependant, vous le savez, de nobles pro-

« testations s'élevèrent du sein même de ce
« grand peuple opprimé par un destin inexo-
« rable. La guerre civile, étendue de l'inté-
« rieur à l'extérieur, le nombre sans mesure
« des martyrs prouvaient l'horreur générale;
« et si tant de forfaits inouis sollicitaient conti-
« nuellement la colère de Dieu, le généreux
« dévouement de tant de victimes innocen-
« tes sollicitait continuellement aussi sa clé-
« mence. C'est du sein de mille désastres,
« que j'ai souvent entendu retentir des chants
« de victoire; mais il faut bien vous l'avouer,
« j'étais peu sensible à la gloire de nos armes.
« L'éclat de nos triomphes militaires ne pou-
« vait m'absoudre de mes remords. Enfin le
« rétablissement du trône de Clovis a fait
« briller un rayon de joie sur ma triste vie.
« J'ai pensé que si je n'étais pas affranchi de
« mon ignominie, du moins la généreuse na-
« tion sur qui j'en avais attiré la funeste so-
« lidarité était devenue libre. Mais, moi, je
« suis demeuré sous le poids du courroux cé-
« leste. Oui, monsieur, jusqu'à présent j'a-
« vais cru la société perdue. Je la voyais arra-

« chée de ses bases, et je n'apercevais aucun
« appui pour elle. Cette vieille Europe, ébran-
« lée d'un bout à l'autre, devait, à mon avis,
« exécuter sur elle-même et sur ma malheu-
« reuse patrie les irrévocables arrêts de la
« vengeance du ciel. J'avais perdu tout droit
« à cette vertu que la religion nomme l'es-
« pérance : pouvais-je donc espérer encore
« que le bras de Dieu ne voudrait pas de si
« tôt briser son ouvrage? pouvais-je espérer
« que les tribus d'Israël allaient voir finir
« les jours de la servitude? Ainsi la tyrannie
« se débattait en vain dans son agonie san-
« glante. Le sceptre de la domination lui
« échappait. La France, la reine des nations,
« envahie de toutes parts, sans être encore
« vaincue, tout-à-coup abaisse ses armes non
« point devant les chefs de la croisade euro-
« péenne, mais devant les fils de saint Louis.
« Une si heureuse révolution sans doute im-
« primait plus fortement sur mon front l'a-
« nathème; je n'eus pas de peine à me ré-
« signer, puisque c'était un moyen de plus
« d'expier mon crime.

« Maintenant, monsieur, vous savez quel
« homme je suis; et je vois à votre attendris-
« sement que vous n'êtes pas sans pitié pour
« moi. Cette retraite âpre et sauvage où j'ai
« continué de vivre inconnu et solitaire, je
« m'y suis toujours plus attaché parcequ'elle
« est tout-à-fait conforme à la situation de
« mon ame. Que n'ai-je pu en trouver une
« plus âpre et plus sauvage encore? Que n'ai-je
« pu voiler le soleil, et faire qu'il restât pour
« moi comme il était le jour du 21 janvier!
« Que ne puis-je défendre à la lune d'éclai-
« rer mes pas durant la nuit, ou de pénétrer
« dans mon odieuse demeure! Je n'ai pas la
« triste puissance de m'exiler de la nature
« entière. Mon créateur continue de faire
« descendre jusqu'à moi les dons qu'il vou-
« lut répartir entre tous les hommes. Il n'i-
« gnore point que j'ai profané le mystère sa-
« cré de l'existence; mais je ne l'ignore point
« non plus. Et, soyez-m'en témoin, monsieur,
« n'ai-je point fait tout ce que j'ai pu pour
« me soustraire à de tels bienfaits? A moins
« de répandre moi-même mes entrailles sur

« la terre, et de jeter mon sang contre le
« ciel, que puis-je faire de plus?

« Sur cette paille à demi pourrie qui me
« sert de lit, est une fosse dans laquelle je
« veux être enterré lorsque Dieu jugera à
« propos de m'appeler en sa présence, pour
« que je reçoive mon jugement, mon juge-
« ment définitif, car, dès à présent, mon-
« sieur, le supplice que j'éprouve est un avant-
« coureur de ce jugement redoutable. J'ai
« déposé ma dernière volonté dans un écrit
« que je puis vous montrer. Cette maison doit
« être démolie pour couvrir ma fosse de ses
« débris; et, durant au moins une généra-
« tion, les hommes, en voyant ces ruines,
« diront : « Ce tas de pierres fut la maison
« qu'habita le Régicide. » En attendant ma
« mort, que je redoute, et qu'en même temps
« je desire, je ne veux point avoir d'autre so-
« ciété que ma Bible, parcequ'elle m'enseigne
« les desseins de Dieu sur l'homme et sur les
« empires de la terre.

« Je vais quelquefois, la nuit, porter mes
« pas dans l'enceinte du cimetière; j'y consi-

« dère avec envie les tombes des innocentes
« créatures qui y sont ensevelies. Des larmes
« les arrosèrent, et les arrosent chaque jour;
« et la mienne, obscure et délaissée, sans
« doute, sera maudite de loin. Souvent je
« m'enfuis de cette enceinte paisible, dans la
« crainte de troubler, par ma présence, le
« repos de ces ombres qui furent les bien-
« aimées de mon Dieu, qui vécurent et mou-
« rurent sans crime. J'ose quelquefois, ce-
« pendant, m'asseoir sur les marches de cette
« croix que vous voyez au milieu du cime-
« tière. Puis, je me mets à genoux devant ce
« signe sacré, et je lui demande avec douleur
« si le Rédempteur des hommes est venu aussi
« pour célui qui tua son père, pour celui qui
« versa du poison dans la coupe de sa mère.
« Je lui demande si le Dieu du pauvre et de
« l'affligé est venu pour consoler aussi le Ré-
« gicide. Je me rappelle alors les dernières
« paroles qui précédèrent le cri de la der-
« nière agonie de l'Homme-Dieu. Ne furent-
« elles pas, comme celles de mon Roi, des
« paroles de pardon? Et quoi! toujours de la

« miséricorde ; et moi, j'ai été sans miséri-
« corde ! «Ils ne savent ce qu'ils font !» Ah
« si telle fut la cause du pardon ; moi je suis
« hors de toute espérance de pardon. Moi, je
« savais ce que je faisais !

« Quelquefois les fossoyeurs, poussés par
« la curiosité, entrent dans le cimetière pen-
« dant que je suis occupé de ces sinistres
« pensées. Alors je leur dis : « Par charité,
« mes amis, ne vous inquiétez pas de mon
« corps quand ma pauvre ame ne l'habitera
« plus. Vous le laisserez dans le lieu où moi-
« même je l'aurai laissé ; et vous démolirez
« ma maison pour cacher ma dépouille sous
« les débris de ma funeste demeure, et pour
« abolir la mémoire du Régicide. Mais abs-
« tenez-vous, je vous en conjure, abstenez-
« vous de me maudire ; car j'aurai subi le
« jugement de Dieu, et vous ne voudrez pas
« ajouter à la rigueur de ce jugement. » Les
« fossoyeurs ne me répondent point, mais ils
« inclinent la tête en signe d'adhésion à ma
« volonté.

« Lorsque le curé me rencontre dans mes

« promenades solitaires, il m'aborde tou-
« jours, et il me demande avec bonté pour-
« quoi je ne viens point dans l'église cher-
« cher les consolations·de la religion. Je lui
« dis : « Monsieur le curé, je ne suis point
« digne de trouver place dans l'assemblée des
« fidèles ; mais il y a un petit réduit connu
« de moi seul où je vais me mettre à genoux
« durant les offices. Je ne manque jamais à
« ce devoir que je me suis imposé. De là j'en-
« tends vos chants solennels : j'envoie au ciel
« mes prières isolées. Ah ! pourvu que mes
« prières n'irritent pas encore le ciel au lieu
« de l'apaiser !

« Sans doute les jours sombres et tristes
« me plaisent ; il me semble que Dieu me les
« envoie ; car, dans mon funeste délire, je
« voudrais que Dieu daignât me manifester
« sa colère au lieu de ne la faire entendre
« que sourdement au fond de mon cœur. Je
« vais chercher sur ces hautes cimes toutes
« les terreurs des orages ; je vais savoir si je
« pourrai ouïr plus distinctement l'arrêt du
« juge suprême. Mais là comme ailleurs,

« mais dans ces moments comme dans tous
« les autres, je n'entends toujours que le cri
« de ma conscience; et mon Créateur ne se
« révéle à sa créature déchue que par la ter-
« rible voix des pressentiments. Je reste aby-
« mé sur le seuil de cette obscurité redou-
« table dans laquelle Dieu se retire, mystère
« de vie pour les justes, mystère de mort
« pour les pervers.

« Ma santé néanmoins a rarement souf-
« fert des tourments de mon ame. C'est un
« bonheur pour moi de n'être point malade ;
« car je ne voudrais implorer l'assistance de
« personne, et cependant une sorte de pu-
« deur m'obligerait à vaincre cette répu-
« gnance et à accepter les secours de la cha-
« rité chrétienne, de cette charité qui ne
« craint ni la contagion du malheur ni l'ap-
« proche du crime; de cette charité qui des-
« cend au fond des cachots, qui va dans les
« bagnes, qui monte sur les échafauds. Si
« donc je me trouvais sérieusement malade,
« sans doute je ferais prier les sœurs de Saint-
« Vincent-de-Paul, établies dans le bourg

« voisin, de venir soigner le Régicide; sans
« doute encore j'admettrais dans ma demeure
« monsieur le curé, le ministre d'un Dieu
« mort sur la croix. »

Tel fut le récit de l'infortuné. Je cherchais
à le consoler, à le rassurer, à lui inspirer quelque confiance. Il ne m'écoutait point. Il se
léve et sort de sa maison en me saluant. J'y
restai encore quelques instants après lui,
croyant qu'il allait revenir; mais il errait
autour de sa demeure comme s'il m'eût oublié. Alors je sortis, l'ame pénétrée d'une
compassion profonde, et je me retirai.

FIN DE LA PREMIÈRE PARTIE.

L'HOMME
SANS NOM.

~~~~~~

SECONDE PARTIE.

LORSQU'A mon retour de l'Italie je repassai
les Alpes, je me souvins du Régicide, et je
voulus m'informer de ce qu'il était devenu.
Plus de trois ans s'étaient écoulés ; j'étais im-
patient de savoir ce que tant de circonstances
nouvelles avaient pu apporter de changements dans l'ame de cet homme. Il n'est
plus : son nom est resté inconnu. Voici ce
que j'ai appris des derniers temps de sa vie.

L'infortuné, après l'entretien que j'avais
eu avec lui, n'avait été que plus triste et plus
enfoncé dans ses funestes pensées. Sa retraite
était devenue plus rigoureuse encore et plus

profonde. Il fuyait plus que jamais les hommes ; il se tenait plus que jamais éloigné des
solennités de l'église. Il était facile de comprendre que, sans se l'avouer à lui-même,
le retour du roi avait armé de pointes
plus aiguës le rude cilice de la malédiction
et du remords. Ses yeux avaient quelque
chose de hagard ; il respirait avec peine.
Toutes les plus nobles compassions, toutes
les bienveillances les plus attentives se seraient en vain approchées de lui, elles n'auraient pu le soulager. Il était dans cette
cruelle situation lorsque le 20 mars lui ap-
parut comme un sinistre météore, comme
une évocation de l'enfer. Cette ame sombre
et inquiète fut remuée jusque dans sa vase.
Ceux qui ont eu occasion de le voir durant
les cent jours m'ont raconté à ce sujet des
détails singuliers et terribles. Toutes les terreurs superstitieuses qui avaient été si long-
temps à s'apaiser parmi les habitants du
pays commencèrent bientôt à se réveiller.
Comment croire en effet que le génie du
mal n'avait pas soufflé sur tous ceux qui

jadis lui furent si dévoués, ou qui s'étaient
une fois laissé fasciner par lui? Ce pouvoir
gigantesque, inconnu, si parfaitement analogue à la fatalité des anciens, ce pouvoir
de la révolution, tout-à-coup se soulevant
tout armé, n'allait-il pas retrouver ses agents
invisibles, ses vieux serviteurs qui n'avaient
pu sommeiller un seul instant, peut-être les
anciens bourreaux qui se disposaient à ga-
gner leurs salaires accoutumés? Et lui-même,
le Régicide, on l'entendit alors s'écrier :
« Homme du 21 janvier, qu'y a-t-il que tu
« ne te réjouis point! Maintenant cette cou-
« ronne de saint Louis n'importunera plus
« ton imagination! Elle vient d'être brisée
« de nouveau, d'être brisée à jamais! Réjouis-
« toi donc comme Satan se réjouit lorsque le
« mal se fait sur la terre! »
    « Il m'en souvient, disait-il un jour avec
« égarement au curé du hameau, oui, il
« m'en souvient; j'étais jeune encore. Le
« peuple français, saisi d'un vertige qui le
« rendait indomptable, distrait de la guerre
« par les troubles intérieurs, et des troubles

« intérieurs par la guerre, marchait avec
« une force toute puissante et toute machi-
« nale dans la voie terrible où, effroyable
« berger, la révolution le poussait devant
« elle. J'ai vu les souverains de l'Europe
« outragés, sans qu'ils pussent trouver la
« moindre énergie dans le sentiment de ces
« outrages; j'ai vu la mort non vengée de mon
« roi inspirer à la nation frappée de stupeur
« une sorte de dédain pour tout ce qui n'é-
« tait pas le pouvoir de la révolution, et un
« grand mépris pour les calamités et la
« mort; j'ai vu ensuite la révolution tout
« entière passer dans les mains d'un seul
« homme; et cet homme, le voilà! Il n'a be-
« soin que de paraître, la révolution le pro-
« clame à l'instant son représentant. Il tra-
« verse les cités et les campagnes avec une
« pleine autorité, comme ministre du des-
« tin; il n'a rien à craindre, car c'est lui, et
« il est entouré d'une sauve-garde que lui
« seul connaît. Marat, Robespierre, noms
« ignobles que l'histoire n'osera prononcer,
« vous pouvez rester inconnus dans les siècles

« à venir : le sang de cinq millions d'hom-
« mes n'a pas coulé autour de vous et à vos
« pieds ; vous ne fûtes, ainsi que moi, que
« de vils instruments. L'héritier du comité
« de salut public comparaîtra pour nous
« tous devant la postérité ; il cachera nos
« crimes et nos avilissements sous le man-
« teau de son inconcevable fortune, de son
« immense gloire. »

Tels étaient les discours extravagants du
Régicide ; mais l'héritier du comité de salut
public fut vaincu à Waterloo ; il fut vaincu
par la seconde croisade de l'Europe, ou plutôt il se crut vaincu, et il le fut en effet. Ce
fut lui qui manqua à son armée. Dieu voulait le salut de l'Europe aux dépens de la
seconde humiliation de la France.

L'homme du 21 janvier retomba sur lui-
même : il rentra dans ses remords comme le
malade, après une fièvre ardente, rentre
dans le bon sens et la raison. Les remords
étaient redevenus son état naturel, et il n'a-
vait rien fait qui pût les augmenter ; il n'a-
vait point proscrit de nouveau le sang de

ses rois. Ses paroles inconsidérées n'avaient été que le délire de ses souffrances, la folie de sa profonde misère.

Peu après cette époque désastreuse, deux prêtres d'un rare mérite, d'une grande charité et d'une éloquence pénétrante, vinrent à passer par le bourg voisin du hameau où habitait le Régicide. Ils entendirent parler de lui; ils desirèrent le voir; ils allèrent le visiter dans sa demeure. Émus, ainsi que je l'avais été, de tous ses bons sentiments, de l'élévation de ses idées, touchés sur-tout de ses mortelles angoisses, ils résolurent de le réconcilier avec lui-même, en cherchant à lui démontrer que la religion défend de jamais désespérer de soi. Ils ne craignirent pas de lui rappeler le seul homme de qui il ait été dit : *Il eût mieux valu pour lui qu'il ne fût pas né.* « Le traître Judas, remarquaient-ils, « refusa la réconciliation, et n'écouta que le « cri du désespoir. Ce n'est point à cause de « son crime, et quel crime cependant! ce « n'est point à cause de son crime qu'une « telle parole a été prononcée sur lui; c'est

« parcequ'il avait douté de la clémence de
« son Dieu. Il jeta dans le temple le prix
« ignoble de sa trahison, et il garda dans son
« ame l'odieux sentiment de la trahison elle-
« même. Il croyait à son Créateur la puissance
« de lancer les mondes dans l'espace, d'ani-
« mer d'un rayon d'intelligence une vile
« poussière, et il ne lui crut pas celle de ren-
« dre de nouveau bon ce que fut bon en
« sortant de ses mains divines. Ainsi il se
« précipita de plein gré au-devant du redou-
« table jugement. » Puis ils ajoutaient : « Le
« respect que vous avez conservé pour la mé-
« moire du roi vous impose le devoir d'ac-
« quiescer au pardon, comme jadis ses ordres
« vous auraient imposé le devoir de mourir
« pour lui, selon la carrière où vous vous
« seriez trouvé engagé. Toujours la loi du
« devoir est inflexible; elle ne se plie ni à
« nos goûts ni à nos répugnances. La remise
« de votre crime vous est assurée, à la seule
« condition d'accepter ce que nous oserions
« appeler votre seconde innocence. Votre
« victime, qui fut votre roi, commande en-

« core du séjour éternel pour les choses où
« le pouvoir lui fut donné pendant sa vie,
« comme les volontés d'un père qui n'est plus
« enchaînent toujours ses enfants, Louis XVI,
« dans le ciel, n'a pas cessé d'être le ministre
« du pardon de Dieu. Celle qui fut son
« épouse sur la terre, celle que nous vîmes
« environnée de tant d'éclat, celle qui reçut
« parmi nous toutes les sortes d'hommages
« que peut recevoir une mortelle, celle enfin
« qui fut précipitée de si haut dans un si
« profond abyme d'humiliations et de dou-
« leurs, la reine a pardonné aussi : le témoi-
« gnage de son pardon nous a été conservé
« par un miracle de la Providence; lorsqu'il
« nous a été révélé pour la première fois, son
« ame magnanime, depuis long-temps, in-
« tercédait, au pied du trône des miséri-
« cordes divines, pour cette malheureuse
« France qu'elle aima toujours, pour cette
« patrie de son choix où elle connut toutes
« les grandeurs et toutes les misères. Cette
« autre femme, cette vierge des lys; ah! le
« malheur n'a pu la rendre plus pure, plus

« noble, plus excellente que Dieu ne l'avait
« faite ! Madame Élisabeth vous conjure par
« notre voix d'accepter votre pardon ; elle
« vous revêtira elle-même de la robe sans
« tache ; elle peut rendre à vos vêtements
« souillés plus que la blancheur de la neige.
« Et cet enfant qui devait régner, et qui n'a
« pu que souffrir, cette colombe si belle et si
« douce qui s'est enfuie vers les régions de
« l'innocence éternelle, cet ange de toutes les
« jeunes douleurs, le royal orphelin a rompu
« dans le séjour de la paix inaltérable le si-
« lence dont il voulut s'envelopper dans le
« séjour de toutes les corruptions ; et il a
« rompu ce silence pour être aussi l'interces-
« seur du pardon. A peine sorti de cette fange
« d'iniquité que des infames avaient amassée
« autour de lui, il a paru dans toute sa
« beauté native ; et ses paroles se sont trou-
« vées aussitôt semblables aux paroles qui
« sont le langage du ciel. Il a pu de suite se
« mêler aux concerts de l'amour sans fin.
« Celui-là n'a point pardonné : il a fait plus ;
« il a remercié ses bourreaux qui furent si

« patients à accumuler sur un enfant toutes
« les infirmités humaines, à faire respirer à
« cette ame neuve le poison de leur perver-
« sité. « En voilà-t-il assez, ajoutaient-ils;
« que pouvons-nous vous dire pour ébranler
« votre funeste résolution de vous laisser dé-
« vorer par l'amertume de vos pensées? Et
« cependant pour quel coupable a-t-il jamais
« été fait plus de miracles? Le pardon et
« l'oubli non seulement sont pour vous des-
« cendus du ciel, mais ils ont d'augustes in-
« terprètes sur la terre. Le frère du roi-martyr
« semble être monté exprès sur son trône
« pour vous rassurer. Il étend sur vous sa
« royale inviolabilité. Et nous, les ministres
« du Dieu vivant, nous que les persécutions
« et la dispensation des saints mystères ont
« instruits dans tous les secrets de la bonté
« infinie, nous avons survécu à mille cala-
« mités, nous avons traversé les monts pour
« venir à vous dans le temps qui a été fixé.
« Dieu nous a envoyés vers le pauvre lépreux
« pour achever de le guérir, pour lui dire
« qu'il peut maintenant aller sans crainte au

« milieu de la foule des peuples ; qu'il a été
« racheté comme les autres hommes ; que sa
« chair est redevenue saine et pure ; que son
« ame immortelle peut s'ouvrir dès à présent
« aux espérances de ceux qui ont bien vécu. »

Les deux prêtres ne voulaient pas priver
le Régicide de ses remords ; mais ils voulaient qu'il se reposât avec confiance dans
de si puissantes médiations et dans les mi-
séricordes de Dieu. Lorsqu'ils virent que
l'attendrissement était enfin parvenu dans
l'ame de cet homme, lorsque des larmes
d'émotion eurent commencé à mouiller ses
paupières depuis si long-temps arides, alors
ils crurent pouvoir entrer avec lui dans de
plus hautes considérations. Sans toutefois
chercher d'abord à sonder tous les jugements
de Dieu, de ce Dieu qui ne cesse de veiller
sur les sociétés humaines, ils ne craignirent
point d'aborder ces questions redoutables qui
peuvent épouvanter la foi des faibles, et que
les forts ne discutent qu'avec tremblement.
N'est-ce pas en effet le moment de les examiner lorsque, par l'anéantissement de tou-

tes les traditions anciennes, rien ne semble
plus exister que dans l'avenir? D'ailleurs,
dans sa longue solitude et dans le délaissement de ses facultés, le Régicide avait de
lui-même pénétré déja bien avant par la
pensée dans ce que les lois primitives de la
société ont de plus intime et de plus indes-
tructible. Ce fut donc une heureuse distrac-
tion pour lui de s'abandonner à des entretiens si relevés. Il y était préparé et par les
inclinations naturelles de son esprit et par
ses douloureuses méditations. Toutes les
théories des philosophes, toutes les croyances
imposées par les religions diverses furent
approfondies avec calme. Ce qu'il y avait
d'analogue ou d'opposé dans des données si
différentes entre elles fut apprécié. Le règne
du trouble et de la passion était passé, et le
remords lui-même faisait taire pour un instant ses serpents endormis. On eût dit que le
Régicide régénéré par le saint ascendant des
deux apôtres n'avait conservé le souvenir de
son crime que comme le souvenir d'une faute
commise dans une autre vie déja expiée :

tant la religion sait produire de calme et de paix !

Les deux apôtres ne s'en tinrent point là, car ils voulaient que ce calme et cette paix subsistassent après eux. Audacieux peut-être jusqu'à la témérité, ils osèrent descendre au fond même de l'abyme où était tombé le Régicide, pour se perdre et se sauver avec lui. Ils se firent son complice, comme le divin Réparateur de la nature humaine s'était fait le péché. Ils se portèrent ses garants corps pour corps, ame pour ame; ils crièrent avec lui : « Nous voici, Seigneur, tout « couverts du sang du juste! » Le Régicide saisi d'épouvante les conjurait de ne pas se placer ainsi sous le terrible rocher de la vengeance. « Ah! repoussez-moi, disait-il, com-« me Néron fut repoussé des initiations « d'Éleusis. Ce parricide, quoique protégé « par la pourpre royale, la Pythie de Del-« phes ne l'avait-elle pas mis déja au rang « des Alcméon et des Oreste? La justice passe « avant la pitié. « Oui, oui, répondaient les « deux prêtres, la justice passe avant la pi-

« tié; mais nous avons appris que la pitié
« quelquefois est la justice. Ne savez-vous
« pas que Constantin, exclus de l'initiation
« dans tous les temples du polythéisme, put
« se réfugier enfin dans l'expiation chré-
« tienne? La croix du Christ est plus forte et
« plus miséricordieuse que tous les dogmes
« philosophiques, plus que toutes les tradi-
« tions religieuses répandues dans le monde.
« Lorsque saint Ambroise arrêta Théodose
« sur le seuil de l'église de Milan, il ne l'ar-
« rêta que pour donner à ce grand empereur
« le temps d'être, par la pénitence, purifié
« du massacre de Thessalonique. »

Revenus ensuite à plus de calme, et pour
justifier leur ardente charité : « Sans doute,
« disaient-ils, sans doute il n'est pas donné
« à la créature, réduite aux faibles ressources
« de son intelligence bornée, il ne lui est
« pas donné de s'avancer bien avant dans les
« voies de l'intelligence increée; mais enfin,
« par ce qu'il y a d'extérieur et d'apparent,
« n'est-il pas permis de présumer que le
« représentant suprême de la société doit

« éprouver le sort de la société elle-même ?
« La gloire et les triomphes de la société sont
« la gloire et les triomphes de celui qui la
« dirige. Ils plient aussi sous le poids des
« mêmes adversités. Les dynasties et les so-
« ciétés n'ont-elles pas une même existence,
« une existence parfaitement identique? Elles
« sont nées en même temps, faut-il s'étonner
« de ce qu'elles subissent la même mort? S'il
« n'en était pas ainsi, comment, dites-moi,
« comment le juste vous aurait-il été livré ?
« Dieu ressemble quelquefois au destin pour
« la direction des affaires humaines. On
« pourrait peut-être affirmer que les lois de
« la société sont inflexibles, inévitables, fa-
« tales; qu'elle ne dévie jamais dans sa mar-
« che progressive ou dans sa décadence; que
« pour sa conservation, aussi-bien que pour
« les différentes transformations qu'elle doit
« subir par la raison même de ses progrès,
« sa liberté est sans analogie avec la liberté
« morale de l'homme. On pourrait peut-être
« affirmer enfin que l'appréciation des actes
« de la société doit avoir d'autres règles que

« celles des actions de l'homme, et que ces
« régles nous sont inconnues ; elles reposent
« dans le secret des conseils éternels. »

« Ah ! je le vois, disait le Régicide, je le
« vois, ce qu'il y a d'irrémissible dans mon
« crime, vous voulez, pour m'absoudre, le
« rejeter sur la rigueur des événements, sur
« la force irrésistible des circonstances. Non,
« non, je ne veux point d'une pareille amnis-
« tie ! Celle-là j'aurais pu l'obtenir sous tous les
« gouvernements qui ont précédé le retour
« du Roi. Que dis-je ? n'aurais-je pas pu me
« glorifier de mon attentat, et me faire un
« titre de mon ignominie ? Ah, du moins j'ai
« refusé tout salaire, et je n'ai point reçu le
« prix du crime. »

« Insensé, répondirent les prêtres, insensé,
« qui vous a dit que nous voulions vous ôter
« le mérite du repentir ? Ce mérite, pour
« l'homme, surpasse quelquefois celui de
« l'innocence même. Et d'ailleurs qui vous a
« fait juge dans votre propre cause ? Pour-
« quoi refuseriez-vous le bienfait de la ré-
« conciliation ; et de quel droit discuteriez-

« vous les conditions de l'expiation et du par-
« don? Ce que nous avons expliqué ne peut
« faire ni l'innocence de ceux qui se sont ren-
« dus les instruments de la mort, ni le crime
« de celui qui l'a reçue avec courage et ré-
« signation. Homme infirme, qui devez res-
« ter courbé sous le poids de votre crime ex-
« pié, c'est aussi du courage et de la résigna-
« tion que nous exigeons de vous. Jusqu'à
« présent vous n'avez subi que la moitié de
« votre peine, le remords; maintenant il faut
« que vous subissiez l'autre moitié de la peine,
« celle de l'amnistie au lieu de l'impunité. »
« Écoutez-nous encore, ajoutaient-ils; Dieu
« a l'éternité pour récompenser ou pour pu-
« nir les individus; il n'a que le temps pour
« punir les nations : voilà tout ce qu'il est
« permis d'entrevoir dans les profondeurs de
« ce mystère. Ainsi donc, dans cette assem-
« blée dont vous fîtes partie, et qui s'arrogea
« le droit de juger son roi, les uns ont été
« d'odieux bourreaux ; les autres, de sombres
« fanatiques; quelques uns furent, à leur in-
« su, des sortes de prêtres et de sacrificateurs.

« pour immoler la victime expiatoire. Du
« haut de son trône immuable et au-dessus
« de tous les changements, Dieu peut-être
« avait condamné le juste pour le salut de
« la France qu'il aime. Ce Dieu n'avait-il pas
« voulu que son fils payât la dette de l'hu-
« manité? Le roi a racheté la France comme
« J.-C. a racheté le genre humain. »

Il me serait difficile, seulement d'après ce
que j'ai ouï raconter, de développer ici la
doctrine de la solidarité comme la dévelop-
pèrent les deux prêtres dans leurs entretiens
avec le Régicide. Celui-ci, ainsi qu'on a pu
le voir déja, y était tout préparé. Quant à
moi, je baisse les yeux devant de si vives
clartés, et j'adore en silence, sans pré-
tendre expliquer les lois intimes qui régis-
sent le genre humain, ni justifier à notre
intelligence finie les raisons de la Providence
divine. Les Chérubins eux-mêmes se voilent
la face avec leurs ailes immortelles, lorsque
Dieu daigne leur montrer sa gloire. Mais ce
qui est plus accessible à ma pensée, ce sont
d'autres paroles des deux prêtres, et que l'on

m'a répétées. Ils disaient avec l'autorité de leur ministère : « La mort est le châtiment « du péché. L'heure et le genre de mort sont « indifférents. Que l'homme de bien, le juste « par excellence, périsse sous le fer des bour- « reaux ou dans les cruelles agonies de la dou- « leur; peu importe. C'est la destinée de l'ame « immortelle, qui seule mérite que l'on s'en « occupe. C'est la destinée de l'ame immor- « telle, qui seule mérite que le regard du « créateur s'abaisse sur la terre. Si Dieu n'a- « vait créé que des mondes, il ne se complai- « rait point dans son ouvrage. Ainsi que nous « le disions tout-à-l'heure, le roi a dû payer « la dette de la France, et la France, à son « tour, a dû expier le meurtre juridique de « son roi frappé du même coup qui renversa « les institutions anciennes. Maintenant que « tout est rentré dans l'ordre, maintenant « que la France a reçu le bienfait de la ré- « conciliation, maintenant que les jours de « la captivité sont finis pour les tribus d'Is- « raël, maintenant, homme faible et lâche, « qui avez assassiné votre roi, votre crime

8

« est effacé par le souverain absolu des so-
« ciétés humaines. Vous avez accompli par
« votre long repentir la seule condition qui
« fût mise à votre pardon. Ce pardon géné-
« reux accordé par la victime est sanctionné
« par le ciel. Vous avez supporté le remords,
« il ne vous reste plus qu'à supporter le re-
« tour à l'innocence et à la vertu. Vous avez
« supporté l'opprobre de l'impunité, sachez
« supporter la grace du pardon. Cette vie est
« une vie d'épreuve. Dieu a voulu qu'il y eût
« plusieurs sortes d'épreuves pour développer
« dans l'homme l'intelligence et le sentiment
« moral. Il a voulu que l'homme devînt, en
« quelque sorte, l'ouvrage de l'homme lui-
« même.

« Dieu! interrompait le Régicide, et lors-
« que l'homme, infidèle à l'épreuve, au lieu
« de perfectionner ce que son créateur lui
« laisse à perfectionner, ne sait acccomplir
« que le mal! » « Eh bien! répondaient les
« deux prêtres, ne vous avons-nous pas
« dit qu'il y avait plusieurs sortes d'épreu-
« ves! Il y a donc aussi l'épreuve de l'infa-

« mie et du crime! Ah! le malheur tout seul
« ne suffit pas sans doute pour de certains
« hommes. Il faut que ceux-là traversent par
« la malédiction tout entière, avant d'être
« purifiés. Aux uns il fallait des infortunes
« non méritées ; il était bon que les autres
« méritassent les leurs. Il fallait aux uns, au
« moins le témoignage de leur conscience; il
« dut être refusé aux autres : ils ne pouvaient
« être lavés que par le remords. L'énergie du
« sentiment moral n'a pu se développer en
« eux qu'à cette funeste condition. »

Ainsi parlaient les envoyés de Dieu. Ils
avaient le droit de tenir un tel langage, car
ils étaient empreints des marques de la persécution. Ils avaient rendu témoignage à
leur propre conscience au prix du risque
de la vie. Ils avaient expié pour les autres,
n'ayant point à expier pour eux-mêmes.

Ils entrèrent dans la maison du Régicide,
pour la purifier. Ils voulurent ensuite que
cet homme eût un véritable lit, au lieu d'un
misérable grabat; qu'il eût plusieurs chaises,
une table neuve, et un meuble convenable

8.

pour serrer son linge et ses vêtements. Ils
exigèrent qu'il fût habillé avec une propreté
décente, qu'il entrât dans l'église, qu'il par-
ticipât avec les fidèles à tous les exercices de
la religion. Ils le firent renoncer à son projet
d'être enterré sous les ruines de sa maison.
Ils ne le quittèrent qu'après l'avoir entièrement réconcilié avec sa conscience.

Dès-lors on vit cet homme ne plus mener
une vie aussi isolée. Il se laissa servir par
cette femme dont tout le soin jusque-là
s'était borné à lui apporter chaque jour sa
nourriture. Il ne fuyait plus les habitants du
village. Il entrait dans l'église avec une touchante timidité qui ne le quitta jamais. Il
semblait se glisser parmi les fidèles plutôt
que se mêler avec eux. Il s'approchait assez
souvent de la table où J.-C. distribue le pain
des élus. Lui qui avait coutume d'habiter
une haute sphère d'idées et de sentiments
était sensible aux simples prônes d'un curé
de campagne. La parole de Dieu était toujours pour lui la parole de Dieu.

Dès-lors encore on le voyait prolonger ses

promenades dans les environs du hameau,
s'élever sur les hauteurs, non plus dans les
moments d'orage mais dans les belles journées : il aimait à jouir du spectacle de la
nature, et à adorer son créateur parmi de
beaux sites.

Dès-lors enfin il s'occupa à soigner les
alentours de sa demeure; il eut un petit
jardin où il fit croître quelques légumes. Il
vivait toujours seul, mais comme un ana-
choréte, et non comme un excommunié ou
un lépreux. Il souffrait qu'on l'abordât ; il
causait avec tous ; il avait la simplicité d'un
enfant. Toutes les superstitions auxquelles
il avait donné lieu cessèrent ; les bonnes
femmes ne passaient plus avec crainte près
de lui, ni près de sa demeure. Ce n'était
plus aux fossoyeurs seulement qu'il adressait
la parole.

Toutes les années, le jour de son fatal
vote, il le passait dans une retraite plus rigoureuse. Je m'exprime ainsi, quoiqu'un seul
anniversaire ait lui sur le Régicide depuis
sa réconciliation ; mais dans ce seul anni-

versaire il fut facile de prévoir ceux qui auraient suivi.

Il mourut avec calme, confiance, résignation. Ses restes furent placés dans le cimetière commun. Le curé accompagna sa dépouille mortelle, à la tête de tous les habitants du hameau. Avant de prononcer les dernières paroles de la religion sur le cercueil, il monta en chaire pour unir dans les souvenirs de ses paroissiens la mémoire de la victime auguste et la mémoire du triste instrument du crime. Tous fondaient en larmes, et ces larmes étaient un triomphe de plus pour la religion et l'humanité.

Une croix de fer marqua la tombe de l'inconnu qui avait racheté un grand crime par un long repentir. Aucun nom ne resta attaché à cette poussière.

Le Régicide qui, pendant si long-temps, n'eut qu'un seul livre, avait voulu en avoir deux autres : l'Imitation et un livre de prières pour les offices de l'église. Il avait placé, à la suite de l'Évangile, le Testament de Louis XVI et la Lettre que la reine écrivit à madame Élisabeth avant sa mort.

Il avait voulu écrire quelques méditations sur des sujets trés relevés de politique morale. Mais ce ne sont que des notes confuses. Il avait entrepris d'établir que Louis XVI n'était point resté en arrière des idées de son siècle. On voit qu'il se serait plu à représenter ce prince comme un homme très éclairé, et comme un homme dominé par le sentiment de l'humanité. Il avait commencé, d'après ses anciens souvenirs, à retracer le tableau de la mort d'Agis. Sa pensée s'était beaucoup arrêtée aussi sur le procès et la mort de Charles Ier. Sans doute il aurait cherché à montrer la différence des causes qui ont amené des catastrophes semblables. Enfin on trouve qu'il se proposait de composer un mémoire sur l'abolition de la peine de mort. Il voulait déposer ce dernier écrit sur la tombe de la victime auguste, du roi, qu'il regardait comme un martyr de l'humanité.

Tous ces projets du Régicide rendu à l'innocence n'ont pas été exécutés. La vie qui lui fut laissée tant qu'elle fut un tourment, lui fut enlevée sitôt qu'elle vint à être de quelque douceur pour lui. L'arbitre des destinées humaines ne voulut pas le laisser s'accoutumer à son innocence. Il voulut l'ôter de ce monde sitôt que l'expiation fut bien accomplie.

On trouvera ici quelques unes des notes éparses que cet homme a laissées.

NOTES

TROUVÉES DANS LA MAISON DU RÉGICIDE,

APRÈS SA MORT.

(Une main étrangère a ajouté quelques notes à celles du Régicide : ces notes ajoutées sont renvoyées au bas des pages.)

I.

Maintenant que des prêtres du Seigneur ont bien voulu m'admettre au bienfait de la

réconciliation; maintenant que sans avoir
perdu la mémoire de mon crime il pèse
moins sur ma conscience devenue plus calme, ne pourrais-je pas mettre en ordre quelques pensées? Pourquoi ne peindrais-je pas
les tourments que j'ai éprouvés, et la tran-
quillité qui a succédé à tant d'orages? Mes
loisirs jadis pleins d'amertume, et rendus si-
non tout-à-fait paisibles du moins suppor-
tables, ne pourraient-ils pas être employés
d'une manière utile? Mon exemple instrui-
rait à conserver son innocence ou à la re-
couvrer lorsqu'elle a été perdue. O mon
Dieu! je n'étais pas digne que vous fissiez le
bien par moi; mais peut-être vouliez-vous
que je fusse une leçon vivante pour ceux qui
méritent d'être mieux aimés de vous, et que
vous voulez préserver de tomber dans l'abyme où je me suis laissé entraîner. J'étais réservé à être éprouvé par la honte et le remords. Sans doute je n'étais pas capable de
n'être éprouvé que par des malheurs non
mérités. Il fallait que je parvinsse à accepter
avec résignation le triste et funeste minis-

tère du mal. Était-ce, ô mon Dieu, pour me
perfectionner ? Les choses de la vie auraient-
elles eu trop de prix à mes yeux si mon innocence eût été conservée même pour être
contre moi un sujet de persécution? La haine
des méchants m'eût trop honoré ; il était
nécessaire que je m'attirasse toute la haine
des bons; et cette haine encore n'eût point
suffi pour plier ma nature rebelle, il fallait
que le mépris y fût mêlé. Vous aviez vu en
moi un être trop disposé à s'enorgueillir des
belles facultés que vous m'aviez départies, et
vous avez jugé à propos de les flétrir pour
mon bien.

II.

Par où commencerai-je? Oserai-je plaider
la cause de ma victime devant les nations?
Oserai-je, législateur d'emprunt, juge pré-
varicateur, oserai-je parler de Louis XVI,
pénétré de douceur, d'esprit public, de respect
pour les lois? Ah! cet échafaud où j'ai fait

monter mon roi, est devenu l'autel expiatoire d'une nouvelle religion sociale.

Nos pères élevèrent sur le pavois ceux qui
devaient leur commander. De même quelquefois l'opinion choisit un homme pour
son type vivant; et elle s'incline devant son
ouvrage. Alors les hommes ont fait un homme ce qu'il a été pour eux : ils l'ont élevé, ils
l'ont ennobli ; ils lui ont prêté leurs propres
idées : d'un consentement unanime ils l'ont
rendu le représentant d'un siécle, d'un âge
de la société. Souvent la postérité, par le besoin de réalisation qui est en elle, va jusqu'à
inventer des actions, jusqu'à imaginer une
vie entière pour cet homme-type. Ceci devient la vérité, c'est la vérité elle-même,
puisque c'est un fait qui se personnifie par
un nom, et que le fait est vrai. Les traditions
des peuples s'établissent ainsi, se consacrent
ainsi. L'histoire, le plus souvent, se compose d'éléments primitifs analogues aux éléments primitifs de la poésie.

Je ne doute point que si nous étions au
temps des individualisations, des allégories,

des apothéoses, Louis XVI ne fût considéré, en quelque sorte, comme la victime mystique d'une transformation sociale (1).

Les pensées d'avenir, les persécutions, les douleurs, la mort, la lutte des passions, les orages les plus terribles, le combat sans merci de deux sociétés, la race la plus auguste, cette extraordinaire destinée des dy-

---

(1) Une dynastie représente la société.

Dire ce qu'est la société actuelle, c'est dire ce que la dynastie actuelle doit représenter.

Or, la société actuelle n'est autre chose que le christianisme identifié avec les idées civiles et politiques. Donc, il faut que la dynastie représente avec conviction le christianisme ainsi transformé.

Le sentiment de l'humanité, dans son sens le plus étendu, l'égalité, c'est-à-dire la justice égale pour tous, c'est-à-dire encore l'accessibilité pour tous à toutes les hiérarchies sociales : telles sont les conséquences nécessaires des sentiments du christianisme, dans l'état de transformation, ou plutôt d'application usuelle, qu'ils ont subi ; ou, en d'autres termes, telles sont les conséquences des sentiments du christianisme introduits de la sphère exclusive des idées morales dans la sphère usuelle et étendue des idées civiles et politiques.

nasties qui doivent naître et mourir dans des flots de sang : le drame n'est-il pas tout fait ?

Et quel héros pour ce drame ! Ses mœurs furent irréprochables, sa mort fut résignée. Le peuple, selon l'expression même d'un de nos premiers et de nos plus grands tribuns du peuple, le peuple ne le nomma jamais dans ses calamités. De tout le sang qui a été versé, il n'y en a pas une seule goutte qui puisse s'élever contre lui.

Ainsi donc jamais holocauste ne fut plus noble et plus pur ; jamais vierge plus illustre et plus innocente ne paya de sa vie une plus grande rançon.

—————

III.

Le sentiment de l'humanité, en donnant à cette expression le sens le plus général, ce que Cicéron appelait *Humani generis caritas*, est un sentiment tout-à-fait nouveau dans l'application. Il resta long-temps une théorie spéculative que les esprits distraits ou affir-

matifs ne regardaient que comme un rêve (1).
Fénélon, le premier, a cru que de la théorie
on pouvait parvenir à la pratique. Considéré
sous ce point de vue, le Télémaque a eu une
très grande influence sur la société. Ce livre
admirable qui n'était destiné qu'à instruire
les rois, a été adopté par les peuples. Le
sentiment nouveau, que je signale ici, et qui
naissait en quelque sorte dans toutes les
ames généreuses, a eu ses apôtres intolérants,
ses aveugles fanatiques, ses impatients pro-
pagateurs. Il en est résulté toutes les exagérations de nos philosophes du dix-huitième
siècle. Il en est résulté la révolution : la

---

(1) Si le Régicide eût développé son idée, il n'eût
pas manqué de remarquer sans doute 1° que les philosophes anciens, placés dans un milieu social où
l'esclavage était admis, devaient toujours, sans l'exprimer, exclure de ce sentiment une portion de l'es-
pèce humaine; 2° que sous la loi chrétienne, qui rend
tous les hommes frères, cette fraternité universelle fut, pendant plusieurs siècles, tout-à-fait cir-
conscrite dans le seul domaine de la religion. Bien
d'autres considérations se seraient offertes à lui.

conquête du sentiment de l'humanité a
coûté comme toutes les autres conquêtes du
sang, des crimes, les attentats les plus inouis.
Les croisés ne souillèrent-ils pas quelquefois
la sainte et noble guerre du tombeau de
J.-C. ?

IV.

La société, lorsqu'une fois elle est parvenue
à un certain degré de lumière, prend une
marche plus rapide. Les progrès de l'intelligence aident à perfectionner le sentiment
moral. Les exagérations passent ; le bien qui
a été fait reste. Les écrivains du siècle dernier devraient, à présent, être discutés dans
cette pensée ; et alors on serait en état de
connaître les services réels qu'ils peuvent
avoir rendus à l'humanité.

Sans doute les grands écrivains exercent
une très notable influence, mais c'est lorsqu'ils poussent les hommes dans le sens de
la société, ou lorsqu'ils la devancent.

Nul ne peut imprimer un mouvement rétrograde aux esprits.

V.

L'auguste élève de Fénélon, qui paraissait destiné à mettre en pratique sur le trône les leçons de son illustre instituteur, mourut d'une mort prématurée, et emporta dans son tombeau l'espérance de la patrie.

Louis XIV disait de Fénélon que c'était un esprit chimérique : en effet, Louis XIV, qui avait tant de sortes de gloire, ne pouvait les concevoir toutes ; et il lui était bien permis, dans l'état où était la société, de croire que les idées de Fénélon n'étaient que les rêves d'un homme de bien. D'ailleurs les préjugés, les prestiges du pouvoir absolu, devaient enchaîner cette ame si noble et si grande. Quel prince fut entouré de plus de séductions ? Quel souverain fut enivré de plus de louanges méritées ? Lorsque le malheur vint, il était trop tard pour qu'il pût donner d'utiles leçons; et tout ce que l'on pouvait exiger d'un prince si heureusement né, c'était qu'il ne fût pas affaissé sous le poids du malheur. Lorsqu'il voulait marcher à la tête de sa noblesse pour s'enterrer avec elle sous les débris de la monarchie, c'est qu'alors la noblesse était la nation elle-même. Les autres classes de la société n'avaient pas encore marché assez avant dans les routes de l'émancipation. N'oublions pas sur-tout combien ce grand roi déplora ses conquêtes dans les derniers jours de sa vie.

Quoique Louis XV n'ait pas été inutile à la gloire de la nation, quoiqu'il n'ait pas été insensible aux maux du peuple, cependant, bercé par les mœurs si molles de la régence, son ame ne put prendre de ressort : ce n'était point à lui à réaliser les rêves de Fénélon, de cet *esprit chimérique.*

VI.

Louis XVI, le premier, paraissait avoir

reçu dans son ame l'inspiration directe de
Fénélon (1). Jamais roi ne fut plus que lui
dévoré de l'amour de l'humanité. Pour la
première fois ce sentiment descendit du trône
pour arriver dans les plus basses classes de
la société. On n'a pas assez tenu compte, et
ici je ne parle point même des ennemis de
Louis XVI, on n'a pas tenu assez compte à
ce monarque infortuné de tout ce qu'il a fait
et de tout ce qu'il a voulu faire avant la révolution, et des obstacles invincibles contre
lesquels il se brisait à chaque instant. Cer-
tainement s'il eût été ravi à notre amour
en 1787, son règne, qu'on eût regardé comme
trop court, eût été placé au nombre des
règnes les plus remplis de ces actes qui assu-
rent le bonheur des peuples, en améliorant

---

(1) On sait que Fénélon, sur la fin du règne de
Louis XIV, pensait *que le moment était venu d'asso-
cier la nation elle-même à l'administration de l'état.*

Voyez, dans l'écrit de M. Boissy-d'Anglas, cité ci-
après, le parallèle des idées de Fénélon et de M. de
Malesherbes, au sujet des états-généraux.

leur sort. Les pensées mêmes qui n'avaient
point reçu d'exécution auraient tôt ou tard
produit leur fruit. Il faut bien le dire puisqu'on l'a si vite oublié, Louis XVI ne négli-
gea point non plus ce qui ajoute tant à l'éclat
et à la prospérité des états, ce qui fait l'or-
gueil d'une nation. Le commerce, l'agriculture, les colonies, la gloire militaire, la marine, les prisons, les hôpitaux, les grands
chemins, tout attirait tour-à-tour, je ne dirai point les regards du prince, mais les
regards du père de la patrie. Il y avait, dans
toutes les branches de l'administration, ou
des créations nouvelles, ou d'utiles réformes.
On sentait même dans tout ce qui se faisait
alors un esprit de suite qui tendait à un but
unique. On sentait je ne sais quelle pensée
féconde et bienfaisante qui devait se développer graduellement.

Il était donc réservé à Louis XVI de rem-
placer le duc de Bourgogne ; mais, les temps
devenant plus difficiles, il lui aurait fallu une
ame d'une trempe plus forte. (Dieu ! est-ce
bien moi qui fais un tel reproche à mon

9.

roi!) Pour juger avec équité les hommes,
pour peser les princes au poids du sanctuaire,
il faudrait faire une juste appréciation des
obstacles qu'ils ont dû inévitablement rencontrer, soit dans leur propre caractère, soit
dans tout ce qui les entourait.

Louis XVI s'avançait aussi, bien avant la
révolution, vers les idées constitutionnelles.
Sous ce rapport, comme sous beaucoup
d'autres, on sent qu'il n'était point en arrière de son siècle, qu'il partageait la matu-
rité de la première nation du monde, du
peuple destiné par la Providence à marcher
à la tête de la civilisation européenne. Il est
permis seulement de regretter, ainsi que
j'osais l'exprimer tout-à-l'heure, que l'énergie de son caractère ne se soit pas trouvée en
harmonie avec la hauteur, peut-être même
avec la hardiesse de ses pensées. Souvent,
en effet, on l'a vu reculer devant ses propres
conceptions.

VII.

Faisons ici, autant que notre mémoire

pourra nous le permettre, une simple table chronologique des actes de Louis XVI, qui ont précédé la révolution.

Ordonnance de 1775, portant suppression de la moitié de sa maison militaire. Ordonnance de 1780, portant suppression de quatre cents charges domestiques dans sa maison civile.

Règlement de 1776, pour fixer à une seule époque la demande des graces pécuniaires. Déclaration de 1779, pour réunir toutes celles d'un même individu dans un seul titre.

Édit de 1777 pour fixer la législation des colonies, et pour donner de nouvelles assurances à la propriété.

1778 et 1779. Droit d'aubaine successivement aboli à l'égard de la Pologne, de l'Amérique, du Portugal. Le temps aurait amené inévitablement l'abolition complète de ce droit inhospitalier.

Lettres-patentes de 1778, relatives au clergé régulier et séculier, et à la diminution du nombre des fêtes chômées. L'érec-

tion de nouveaux siéges épiscopaux, tels que
ceux de Nancy et de Saint-Diez, annonçaient
en même temps que le monarque voulait
que les vrais besoins religieux de ses peuples
fussent satisfaits.

Déja Louis XVI avait aboli la peine de
mort pour le délit de désertion, lorsque,
par la déclaration de 1780, il abolit la ques-
tion préparatoire, honte si ancienne de notre législation criminelle.

Même année, déclaration portant suppression du Fort-l'Évêque et du petit Châ-
telet. C'est de là que date l'ère de la réforme
des prisons, réforme que la révolution seule
a pu interrompre. Le canon du 14 juillet
n'est donc point le premier signal de la fin
des détentions arbitraires.

Même année, institution de l'école vétéri-
naire et d'une école de boulangerie; établis-
sements qui constatent la volonté constante
d'embrasser dans sa royale pensée toutes les
sortes de besoins des peuples.

Les seigneurs engagistes astreints à une
redevance par arrêt du conseil de 1781; la

taille devenue fixe et immuable, d'arbitraire qu'elle était. N'était-ce pas là le point de départ pour arriver à l'égalité des impôts? Et n'a-t-on pas vu en effet Louis XVI vouloir plus tard réaliser de lui-même cette grande pensée qui reposait dans son ame noble et généreuse? Ne l'a-t-on pas vu plus tard promettre, de son propre mouvement, qu'à l'avenir l'impôt serait consenti par le peuple?

Réforme dans le régime de l'Hôtel-Dieu, pour donner à chaque maladie une salle particulière, et à chaque malade un lit, en vertu de l'édit de 1781.

Tentatives faites pour l'abolition de la corvée.

Sociétés d'agriculture fondées et encouragées; les marais du Vexin desséchés; quinze cents arpents rendus à la culture par les travaux exécutés depuis Chaumont jusqu'à Marquemont.

Port de Vendres pour le Roussillon; canal de Bourgogne; Cherbourg; voyage de La Peyrouse préparé par Louis XVI lui-mê-

me ; travaux pour donner à l'unité des poids
et mesures la base même du méridien terrestre.

Guérre de l'Amérique qui commence l'âge
de l'émancipation des colonies.

Anciennes et nouvelles halles, ponts,
quais, hôpitaux : l'embellissement, la propreté de Paris commencent à ce roi bienfaisant ; et ce qui fut commencé est un garant
de ce qui devait successivement se faire.

Mais tout ce qui vient d'être montré som-
mairement n'est rien en comparaison des
trois grands bienfaits que nous allons signa-
ler, et qui annoncent un pas immense dans
les idées de la civilisation et de l'affranchis-
sement des peuples.

1° En juillet 1778, établissement des assemblées provinciales pour la répartition, la
perception et le versement des impôts ; pour
la fixation des dépenses locales, des routes,
des canaux, des édifices publics. Le com-
missaire du roi, qui assistait à ces assemblées, réduit au simple droit de concours,
ou à une voix consultative. Que l'on se rap-

pelle ce qui a été énoncé plus haut au sujet
de la taille.

2° Abolition, par édit du 19 août 1779,
de la servitude et du droit de main-morte
dans les domaines royaux et les domaines
engagés, du droit de suite sur les serfs et
main-mortables, et invitation solennelle à
tous les propriétaires de suivre l'exemple du
roi : la propriété, raffermie par Louis XVI,
ne devait pas recevoir une atteinte, même
pour opérer une révolution humaine et bienfaisante. Le roi ne pouvait donc conquérir
la liberté d'une partie de ses sujets que par
le grand exemple qu'il donnait lui-même,
en affranchissant les serfs de ses propres domaines.

3° En janvier 1781, il est établi qu'à l'avenir le compte de l'état des finances serait
rendu public. Il faut bien dire à ceux qui ne
comprendraient pas l'importance de cette
mesure, que c'était tout ce qui pouvait se faire,
tout ce qui pouvait être offert de garantie,
dans un temps où le vote de l'impôt n'était
pas encore dans les principes du gouverne-

ment. Mais il a été facile de reconnaître que
Louis XVI a toujours volontairement tendu
vers cette idée, qui est la base des gouvernements représentatifs. En attendant, il donnait à ses peuples les premiers rudiments de
l'éducation constitutionnelle.

Il est bon de remarquer encore que cette
sollicitude pour la diminution des impôts,
sollicitude qui s'est toujours manifestée dans
Louis XVI, mais qui n'a pas pu recevoir son
exécution à cause du malheur des temps,
se montra dès l'origine par l'abandon du
droit de joyeux avènement, par un don extraordinaire de seize millions, au-dessus du
don gratuit obtenu du clergé en 1782, et
par un prêt gratuit des fermiers-généraux,
de trente millions en 1781. La première année du règne de Louis XVI s'était à peine
écoulée, que déja l'on remboursait vingt-
quatre millions de la dette exigible, cin-
quante de la dette constituée, vingt-huit des
anticipations, ce qui doit faire penser que
sans la création de la marine, sans la guerre
d'Amérique, sans les obstacles de tout genre

qui s'opposaient à chaque instant à ses vues bienfaisantes et éclairées, il aurait fait d'immenses économies, comblé successivement le déficit, et allégé le poids des impôts pour la classe du peuple.

Tous les changements introduits par Louis XVI dans son gouvernement ne furent point des concessions obtenues à force de réclamations ou par la rigueur des circonstances : puissant, victorieux, dans tout l'éclat de la prospérité, ne recevant que des marques d'adoration, il aurait pu facilement oublier les besoins du peuple, être sourd à la voix du siècle. Mais, ainsi que nous l'avons remarqué, il marchait avec la civilisation.

Les écrits d'hommes tels que M. de Malesherbes, c'est-à-dire d'hommes revêtus de la confiance du prince, soit dans les ministères, soit dans la magistrature, soit dans les administrations, font partie en quelque sorte des actions du prince lui-même, lorsque ces écrits tendent à améliorer, à perfectionner toutes les branches de l'économie sociale. Jamais, à aucune époque, il n'y eut plus d'efforts faits en ce genre avec l'approbation et même avec l'assentiment de l'autorité.

Toujours attentif à l'opinion qu'il voulut toujours laisser libre dans l'expression de ses vœux ou de ses desirs, Louis XVI eut peut-être pour elle trop de condescendance: cela se voit par les fréquents changements des ministres. Si l'on peut lui reprocher à cet égard quelque faiblesse, on ne peut lui reprocher d'avoir trop écouté ses affections particulières.

L'assemblée des notables ne fut-elle pas ensuite convoquée par Louis XVI, librement et volontairement? Ne proposa-t-il pas à cette assemblée, avant toute délibération, l'impôt territorial en nature ou en argent; un impôt du timbre; la vente d'une partie des terres du clergé et de tous ses droits honorifiques; la réduction de la taille et de la gabelle; l'aliénation des domaines, en ne se réservant que la souveraineté; la liberté du commerce des grains; des assemblées de provinces, de districts, de paroisses? N'offrait-il pas de réduire de quinze millions sa dé-

pense personnelle; de diminuer celle de chaque département? Ne voulait-il pas la suppression des priviléges portant exemption
de charges publiques? Ne voyait-il pas la
convenance de frapper les pensions d'une
imposition d'un cinquième, pour décharger
d'autant les autres impositions qui pesaient
immédiatement sur le peuple? Enfin, ne
promettait-il pas de nouveau la publicité
annuelle du compte des finances?

L'assemblée des notables fut insuffisante
pour le bien que Louis XVI voulait opérer.
Dès-lors ce monarque, dévoré de l'amour de
son peuple, nourrit la pensée de convoquer
les états-généraux. Dès-lors il provoqua les
lumières sur cet objet. Il encouragea les dis-
cussions entre les publicistes (arrêt du conseil de 1788). Mais il voulut, sans le concours des états-généraux, consacrer deux
grands principes, celui de la tolérance religieuse, et celui que la nation ne pouvait
pas être imposée sans son consentement (1).

_____

(1) Il eût été à desirer que Louis XVI se fût investi

En convoquant les états-généraux il doubla la représentation du tiers-état (1).

---

pleinement de la fonction de législateur, sans le concours des états-généraux. L'ensemble des propositions faites à l'assemblée des notables et celles qui forment la déclaration du 23 juin, prouvent que Louis XVI, avec moins de timidité, eût pu s'investir de la haute fonction de législateur, fonction qui domine celle de roi.

Louis XVI ne voulait que réaliser ce qui était déja. Louis XVIII a opéré la réalisation.

Les cahiers furent unanimes pour demander des institutions.

La grande faute qui fut faite en 89, ce fut de n'avoir rien préparé pour l'ouverture des états-généraux.

Si, à ce moment-là, les différentes dispositions dont il vient d'être parlé, avaient été converties en loi fondamentale, érigées en charte, on aurait évité toutes les déplorables dissidences de cette première époque.

(1) Pour juger cette mesure, il faut se transporter au temps où elle fut adoptée. M. Boissy-d'Anglas prouve très bien qu'elle était indispensable pour le salut même de la couronne. M. Necker, en la proposant, ne fit qu'obéir à ce qu'il y a de plus impérieux dans la force des choses.

Il parait au reste que M. de Malesherbes était allé plus loin encore que M. Necker. Dans un mémoire

Je m'arrête ici quant à présent ; je n'ai voulu d'abord établir qu'une seule chose,

---

sur les états-généraux, ce vertueux magistrat demandait que la représentation fût fondée *sur la propriété seule.* Sans doute ce mémoire avait été soustrait à Louis XVI, et l'infortuné monarque ne l'a connu que dans la tour du Temple, où il lui fut communiqué, après beaucoup d'instances, par M. de Malesherbes lui-même. Cette lecture fit une impression très vive sur l'auguste prisonnier : le redoutable avenir, qu'il envisageait alors avec tant de calme, ne l'empêcha pas de s'occuper, jusqu'à la fin, des destinées de la France,

(Voyez l'Essai sur la vie, les écrits et les opinions de M. de Malesherbes, par M. Boissy-d'Anglas).

La pensée de M. de Malesherbes, qui avait devancé les temps, peut donner lieu à d'importantes remarques.

Dans ce moment on parle beaucoup de reconstruire la grande propriété. 1° Cela ne serait exécutable qu'autant que l'on rétablirait des institutions parallèles ; or, ces institutions parallèles sont impossibles à rétablir ; 2° la division des propriétés est un gage de repos, parcequ'il y a une grande moralité dans l'exercice même de la propriété, parceque encore la petite propriété est facile à atteindre, et que, touchant de près à la propriété moyenne, elle peut confier à celle-ci l'exercice de tous les droits politiques. 3° Voyez

c'est que Louis XVI n'avait point attendu la révolution pour marcher vers le développement de destinées nouvelles. Non seulement aucune vue d'amélioration, d'économie, ne lui avait échappé; mais on voit dans toute sa conduite, lorsqu'elle a été entièrement libre, une tendance vers les idées que la révolution a, plus tard, consacrées par la force et la violence. Ces idées étaient donc en lui; il était donc l'allié du siècle comme l'ont été les grands législateurs; les obstacles ne sont donc venus ni de ses préjugés ni de ses répugnances.

Cela se voit encore au commencement de l'assemblée constituante : seulement il n'a pas été assez fort pour faire tête aux orages qui lui ont été suscités.

C'est donc bien franchement qu'il adop-

---

ce qui menace l'Angleterre; comment pourra-t-elle se garantir de l'invasion si menaçante des prolétaires? 4° Une aristocratie ne se fait pas; elle est. Que l'on dise donc s'il y en a une en France; car il s'agit d'affirmer un fait, et non de le créer.

tait les moyens qui lui étaient proposés, lorsqu'il y voyait l'expression du vœu national, puisqu'il avait adopté d'avance tous les principes du nouvel ordre de choses; il voulait y parvenir par des voies légales au lieu d'y arriver par des voies illégitimes; il ne voulait ni tuer, ni spolier. L'armoire de fer prouve la scrupuleuse fidélité de Louis XVI envers la constitution qu'il avait jurée.

Illustres partisans de la liberté, Louis XVI vous a tous précédés. Fameux précepteurs des nations, il n'avait rien à apprendre de vous.

Les inculpations faites à Louis XVI sont donc une grande injustice, dans les idées même de ceux qui l'accusaient.

VIII.

Hérodote raconte que le dernier roi de Tarente, Aristophilidès, étant mort à la guerre, les Tarentins ne voulurent point d'autre roi.

Agis, à Sparte, voulait faire revivre les

lois de Lycurgue, tombées en désuétude ; il mourut victime de cette prédilection pour les mœurs anciennes.

Il est à remarquer que l'arrêt de mort ne fut exécuté sur Agis que par des étrangers, et que le peuple de Sparte fut sur le point de délivrer son roi. On fut obligé de hâter la mort de cet excellent prince. En France, l'appel au peuple fut rejeté, et toutes les précautions qui furent prises pour assurer le supplice prouvent que non seulement la tyrannie ne croyait pas à l'assentiment du peuple, mais que même elle craignait que la victime ne lui fût arrachée.

En Angleterre , la dynastie devait finir par succomber, parceque, dans ce pays, l'aristocratie était nationale. Elle avait toujours fait cause commune avec le peuple. En France, la révolution ne pouvait tendre qu'au renversement de l'aristocratie, parceque la couronne avait toujours fait cause commune avec le peuple (1). Charles I re-

_____

(1) M. de Boulainvilliers, en parlant de l'admission

fusa de reconnaître la compétence de ses
juges ; Louis XVI s'y soumit, et sa résignation religieuse le porta même jusqu'à ne plus
se considérer comme roi. Il y aurait bien des
remarques à faire sur la différence de position des deux monarques (1).

Le retour de Charles II a servi à la punition et à la réconciliation. Toute justice a
fini par s'accomplir (2).

---

des communes dans l'assemblée de la nation, sous
Philippe-le-Bel, dit que *dès-lors tout fut perdu.* Il y
a encore des personnes qui disent que *tout est perdu*
si la dynastie ne rompt pas son antique alliance avec
la masse de la nation, alliance contractée, pour la
première fois, sous Louis-le-Gros.

(1) La raison qui veut que, pour être bien et équi-
tablement jugé, chacun soit jugé par ses pairs, vient
de ce que d'autres ne peuvent pas se mettre à la place
de l'accusé pour apprécier sa conduite, et se rendre
compte de ses pensées. Cela seul suffirait quand d'ailleurs il n'y aurait pas quelque chose de sacré dans la
royauté, cela seul, disons-nous, suffirait pour établir le principe de l'inviolabilité.

(2) Peut-être ne tarderons-nous pas d'arriver à un
moment où il sera loisible d'examiner philosophi-
quement et historiquement le dogme de la solidarité.

La royauté fut abolie par les Romains, parceque le pouvoir avait excédé son mandat, et que la royauté avait été souillée dans la personne et dans la famille du dernier Tarquin. Si cette histoire n'est pas vraie, du moins c'est un très bel apologue.

IX.

L'hypothèse de la souveraineté du peuple est à présent sans objet. Il était admis que, dans les états constitués, les rois gouvernaient par les lois, et les lois, d'après l'expression unanime de l'antiquité, étaient filles du ciel. Maintenant il est admis que les lois sont l'expression de la volonté générale. Ceci ne constitue point le dogme de la souveraineté du peuple.

Il ne tardera pas d'être reconnu comme une vérité triviale, que l'homme n'étant ja-

---

Peut-être alors trouvera-t-on que ce terrible fardeau de la solidarité s'allège à mesure que la société se perfectionne.

mais né hors de la société, n'a pu jamais stipuler dans un contrat primitif. Il n'a pu que consentir.

Il ne s'agit pas de prendre les suffrages un à un, mais de voir ce que le peuple fait pour savoir ce qu'il pense, et, par conséquent, ce qu'il veut.

De quel droit, sans la justice, une majorité imposerait-elle des devoirs à une minorité?

Il faut faire attention que, dans l'origine, tous les pouvoirs durent être ou des pouvoirs paternels ou des pouvoirs dictatoriaux.

Le législateur dit ce qui est. Il y a une conscience publique qui se compose non de l'opinion de tel ou tel, mais de l'opinion et du sentiment de tous.

Cette conscience est ce qu'il y a de moral dans la société. C'est là que réside l'unanimité.

Le dogme de la souveraineté du peuple a été inventé comme une fiction pour expliquer certaines choses de la société. Maintenant il est bien reconnu qu'il n'explique rien.

Le droit divin n'est que ce qui n'est pas le dogme de la souveraineté du peuple. Faire dériver le droit divin d'une révélation immédiate, du moins dans les sociétés modernes, c'est le discréditer, en pure perte.

Le peuple consent, ou il se retire sur le Mont-Sacré (1).

---

(1) L'état actuel de la société est un état tout-à-fait nouveau dans l'histoire des sociétés humaines : il ne peut être expliqué que par la connaissance intime de ce qui est.

On ne fait pas la société ce qu'elle est ; la raison d'un état quelconque de la société n'est qu'en lui-même.

Il ne faut pas prendre pour obstacle ce qui est la force des choses, car alors on aurait des obstacles invincibles. S'opposer aux choses est folie.

Toute la sagesse, toute la prudence consistent maintenant à voir ce qui est ; il ne s'agit plus de prévoir, il s'agit de constater : fonder n'est plus qu'affermir.

Les institutions ne sont jamais que la réalisation de ce qui est déja : le législateur ne fait qu'opérer cette réalisation.

Dans des notes précédentes il a été dit en quoi l'état actuel de la société est un état tout-à-fait nouveau.

X.

Je voudrais avoir le talent qui agit sur les hommes, et je croirais expier mon crime si je parvenais à prouver que les temps sont venus où la société doit abolir la peine de mort. Que si je ne devais pas m'abstenir de faire entendre au frère de Louis XVI une voix odieuse, je le conjurerais par ce sang innocent d'abolir la peine de mort. Ce prince, qui fut le héros de l'humanité, qui poussa plus loin que personne l'horreur du sang, aurait volontiers payé de sa vie ce grand bienfait de l'humanité.

L'abolition de la peine de mort est inévitable. Hâtons cette ère, qui sera dans les an-

---

Jusqu'à présent on n'avait pas compris la possibilité d'une société sans une aristocratie. Mais il faut bien s'y faire. En d'autres temps on n'aurait pas pu concevoir non plus l'existence de la société sans l'esclavage ou sans la servitude. Les modifications relatives à la pensée religieuse sont aussi un changement radical, puisque, par le christianisme, le sentiment religieux est entré dans le sentiment social lui-même.

nales de l'humanité une ère égale à celle de l'abolition des sacrifices humains.

Louis XVI abolit la torture. Apprenez que les criminalistes du temps faisaient contre cette bienfaisante innovation les mêmes arguments que des publicistes font à présent contre la suppression de la peine de mort. Louis XVI en crut son propre instinct et l'intérêt de la société. L'instinct de la société est à présent contre la peine de mort.

Par la prison de Louis XVI et de sa famille, par la détention arbitraire de tant de nobles créatures qui ont souffert les mêmes maux, adoucissez le sort des prisonniers.

Par la mort de Louis XVI et par celle de tant de victimes innocentes, abolissez la peine de mort.

Si l'homme n'a pas le droit de se tuer, parcequ'il n'a pas le droit de fixer son sort définitif, la société n'a pas le droit de hâter le sort définitif d'un homme, quel qu'il soit (1).

---

(1) Cette maxime est trop générale. Tant que ce

L'homme a le droit de défendre sa vie. La société a le droit de se conserver par la mort de ceux qui troublent l'ordre ; mais il faut que ce soit nécessaire. Sitôt que la dure loi de la nécessité n'existe plus, le droit d'ôter la vie cesse, comme après le combat, le carnage est illicite.

Ne parlez pas de l'exemple. D'abord, le motif de l'exemple ne suffirait point. Le droit passe avant l'utilité. Ensuite, le sang répandu par le bourreau ne peut que réveiller des instincts de cruauté.

---

droit n'a pas été contesté à la société, elle l'a eu réellement comme elle les a tous en elle. Il ne faut jamais perdre de vue que les progrès naturels de la société amènent des changements et des améliorations. Chez des nations anciennes le peuple lui-même exécutait l'arrêt du juge. Sitôt que cette exécution a été confiée à un bourreau on a dû desirer l'abolition de la peine de mort. La forme des jugements par jurés en fait une loi inévitable. Nos mœurs tendent à frapper de désuétude l'application de la peine de mort. Déjà des jurés prononcent avec répugnance ; plusieurs même éludent la rigueur des preuves et des témoignages.

Sous le régime même des lois, et sans parler des temps des factions, combien d'innocents dont l'innocence ne fut reconnue qu'après leur mort! Ah! ne mettez pas l'inévitable entre vous et celui que vous croyez coupable. Une destinée atroce et railleuse peut-être fascine vos yeux, peut-être se fait un jeu cruel d'entasser les probabilités contre le malheureux qui est devant vous. Il lui restera sa conscience; mais vous qu'aurez-vous au jour où il sera prouvé que vous vous êtes trompé?

Savez-vous ce que dit Plutarque? Il dit : « La première fois que les Athéniens con- « damnèrent un homme à mort, ce fut pour « faire périr un scélérat, et ils finirent par « faire boire la ciguë à Socrate, par répandre « le sang de Théramène. »

Une terreur intime qui souffle quelquefois de la multitude aveugle sur des juges préve- nus... Ah! le plus grand nombre de ceux qui ont condamné Louis XVI ne voulait pas la mort du juste.

Une chose peint d'une manière bien étrange

les temps de crime, d'erreur et de folie qui
ont terminé ce siècle. Il est bon de le remarquer; à toutes les époques de la révolution,
devant toutes les législatures qui se sont
succédé, il a été demandé que la peine de
mort fût abolie. La convention elle-même
n'a-t-elle pas, une fois, admis le principe?
Ainsi, pendant que l'on égorgeait des
milliers de victimes dans les prisons et
sur les places publiques, pendant que l'on
organisait d'immenses massacres, pendant
que l'on proclamait la guerre sans merci,
ce vœu de l'humanité pouvait seul se faire
entendre, parceque c'était alors un vœu
stérile, une vaine spéculation. Encore n'é-
tait-ce pas tout-à-fait inutilement qu'il se
faisait entendre; et, quoique ironiquement
suspendue jusqu'après la consommation de
tous les sacrifices humains dont l'assemblée
régicide voulait s'enivrer, la protestation
subsiste toujours dans les chartes immortelles de l'humanité.

Mais vous qui voulez ôter le repentir à
l'homme criminel ou égaré, avez-vous donc

appris que jamais il n'est arrivé à aucun
coupable de reconquérir son innocence?
Oui, c'est ici ma cause que je plaide! Que
serais-je devenu si j'eusse été frappé de mort
à l'instant de mon fatal vote, si j'eusse com-
paru tout-à-coup devant le Juge Suprême,
ayant encore sur mes lèvres les paroles funestes que je venais de prononcer? Dieu,
plus pitoyable que vous; Dieu, qui voyait
dans ma conscience plus avant que je n'y
voyais moi-même; Dieu voulut que je vé-
cusse de longues années, afin que j'eusse le
temps d'expier et de raconter aux autres
mon expiation. Voilà pourquoi je ne suc-
combai pas sous la rigueur des tourments
qui vinrent m'assaillir.

Qu'auraient donc fait ceux qui, m'ense-
velissant dans mon crime, m'auraient immolé?

Quia septempliciter vindicabitur Caïn,
Et Lamech septuagesies septies.
                    Gen. IV, 23.

FIN DE LA SECONDE PARTIE.

ÉLÉGIE.

ÉLÉGIE.

Quæsivit cœlo lucem, ingemuitque repertà.
VIRG.

Cette élégie, composée dans le temps même, n'est ni un récit ni un tableau de l'événement affreux qui a plongé la France dans le deuil. Sous quelques rapports, elle pourrait être assimilée à ce que sont les chœurs dans les tragédies grecques.

I.

C'est aujourd'hui le 13 février.

La soirée de ce jour et ensuite deux journées encore doivent s'écouler avant que la religion nous appelle dans ses temples pour marquer sur nos fronts le symbole de notre néant.

Ce petit nombre d'heures, que la multitude semble vouloir disputer aux pensées sérieuses, pourquoi les consumerais-je comme elle?

Non, je ne veux point m'abandonner à de vaines distractions. Jours consacrés aux plai-

sirs bruyants, aux fatigues de la folle joie,
je vous dédaigne. Quelles raisons aurais-je
de croire en vous, plaisirs du monde, vous
qui êtes faits pour tromper? Quelles raisons
aurais-je d'y croire, dans ces jours, plutôt
que dans les jours qui ont précédé? Où est
la nécessité de s'étourdir sur sa propre destinée, sur les destinées de la patrie? Il y a
long-temps que je le sais, tous ces prestiges, inventés pour arracher l'homme à
lui-même, pour le soustraire momentané-
ment à l'ennui de sa condition, ne sont que
des jeux sans plaisir, des illusions dépouil-
lées de charme, et trop souvent d'amères
railleries du sort.

Laissez-moi donc dans ma solitude. Laissez-moi veiller sur le bord du précipice. Il
faut bien que la douleur pose tristement
quelques sentinelles autour des lieux où la
multitude est réunie pour s'amuser. Puissé-
je empêcher le noir fantôme de se glisser
parmi la foule imprévoyante!.. N'est-il pas
dit qu'un démon qui épie toujours, qui ne
repose jamais, dont tous les coups sont im-

prévus, le génie du mal, parcourt quelquefois les cités, durant la nuit; qu'il jette à l'aventure ses flèches terribles, dix mille à droite, dix mille à gauche, ou une seule qui est égale à dix mille; qu'il se rit de nos fêtes; qu'il aime sur-tout à frapper nos premiers nés, nos jeunes épouses, ceux dont la mort prématurée doit nous laisser de plus longs regrets?

Ne détournons point la tête; pendant que nos regards distraits s'égareraient, peut-être la flèche qui en vaut dix mille serait placée sur l'arc funeste... Un instant suffit.

Néanmoins, sinistre voix des pressentiments, je ne t'écouterai point trop. Mais enfin, sentinelle placée par la douleur, ne dois-je pas me tenir séparé du tumulte? Assez d'autres s'enfoncent dans ce bruit, se perdent dans cette fumée.

Vous le savez aussi-bien que moi... C'était sur des tapis de l'Orient qu'Agamemnon marchait pour se rendre au bain préparé par les Euménides. Un autre roi... Ne vous souvient-il pas de cette main miraculeuse qui, dans la salle d'un festin, écrivait sur la muraille, je ne sais quels caractères?

Eh bien! prophète du malheur, reste dans ta maison; ne viens pas troubler nos divertissements.

Silence! n'ai-je pas entendu comme une plainte touchante, comme un long gémissement! Non, je n'ai rien entendu. Sans doute il y a du poison dans l'air que je respire.

Silence, encore une fois!... Je ne me trompe point. Écoutez ces voix confuses. Ah! ce sont des gens qui ont oublié la dignité de la nature humaine; ce sont des hommes ivres qui reviennent d'une orgie.

Tout est calme, tout est paisible. Heureusement la tempête n'est qu'en moi.

Et cependant... Laissez-moi vous dire un seul mot. Avez-vous considéré la situation où nous sommes? Connaissez-vous l'avenir qui nous est préparé? L'avenir! sera-t-il retardé jusqu'à demain? Le temps ne presse-t-il point? La cognée n'est-elle point à l'arbre?

Naguère j'entendais aussi, mais c'était

un bruit sourd et lointain ; il s'approche, il devient menaçant. Ce n'est plus le grain noir ; nous sommes en plein orage. Une civilisation tout entière qui s'écroule ! Un nouvel empire succédant à un empire qui a brillé et qui s'éteint ! Le genre humain dans l'attente d'un autre ordre de choses ! Le sort des royaumes de la terre s'agitant avec un calme solennel dans les balances de celui qui seul ne change point ! Les vieux rois étonnés de ne point comprendre le langage des peuples ! Les peuples à leur tour étonnés de ne pouvoir plus marcher dans les voies anciennes !

Voilà donc le moment que vous choisissez pour vous livrer au plaisir, pour ajouter à l'éclat de vos assemblées tumultueuses ! Je sais ce que vous avez à me répondre. Ce moment vous ne l'avez point choisi ; toutes les années il arrive le même ; il est tout naturellement amené par le retour périodique des saisons. Oui, oui, toutes les années, toutes les époques se ressemblent ; les fêtes précèdent les jours de deuil. En effet, l'histoire me raconte que des villes furent englouties

pendant des jours de fête ; la poésie aussi
me raconte que Troie fut saccagée dans la
nuit qui suivit un jour de fête ; la religion
daigne me le raconter, c'était durant la soirée d'un jour de fête que la main mystérieuse écrivait ses redoutables arrêts.

Mais, dites-vous encore, ces jours ne sont
point des jours de fête ; les divertissements
qui nous occupent ne sont point des divertissements que nous nous soyons proposés ;
nous ne faisons qu'obéir à d'anciens usages,
à de vieilles coutumes. C'est bien, je vous ai
compris ; les temps changent pour les institutions, mais ils ne changent point pour le
retour des mêmes plaisirs. Il n'y a d'immobile que l'amour des divertissements. Qu'importe la mort d'une civilisation ! qu'importe
la naissance d'un autre ordre de choses !
L'homme retourne le sablier pour mesurer
les heures ; mais ce n'est pas lui qui fait les
heures.

Soit : n'ajoutez rien de plus ; que je ne
vous empêche point de vous réjouir ! Allez,
puisque vous le voulez ainsi, allez couronner

vos têtes de fleurs; allez, allez vous travestir; confondre les rangs, les âges, les conditions; revêtir une autre figure que celle que Dieu vous a donnée; allez changer de sexe et peut-être de nature; faites rencontrer ensemble, par la diversité des costumes, toutes les mœurs, tous les temps, tous les pays; épuisez toutes les ressources d'une imagination riante ou grotesque; ne craignez pas de mettre au pillage les arsenaux des théâtres, pour vous être les uns aux autres un spectacle ridicule; allez, je ne vous retiens plus.

Me voici resté seul.... Sentinelle de la douleur, n'entends-tu rien? Ne vois-tu aucune main qui écrive sur les murailles? Ne vois-tu aucun assassin caché dans l'ombre? Je ne vois rien, je n'entends rien, et cependant je frémis. C'est en nous-mêmes que les présages apparaissent; et cet homme donc, cette forme humaine qui se mêle aux ténèbres! n'est-ce rien que cela?... Quel œil terne, calme, fixe! Dieu! est-ce l'œil d'un homme? Et ce visage sinistre, affreux! est-ce le visage d'un homme? Non, je n'ai rien vu réellement. Quelquefois le sentiment cruel des choses nous obséde : alors nous éveillons le monde fantastique des épouvantes et des visions. Si j'étais superstitieux, et que je fusse tout près d'un tombeau, je pourrais croire que c'est le tombeau d'un parricide : le réprouvé, soustrait à la justice éternelle le temps que dure un éclair, m'aurait, en passant, glacé d'un souffle de sang et de mort.

Je suis seul... Ils sont tous allés se divertir; ils remplissent les spectacles, les lieux d'assemblée; ils s'enivrent d'une musique folâtre. Mille pensées funestes me dominent et m'obsèdent; je choisis la plus funeste de toutes pour la considérer avec effroi. Mon Dieu! prenez pitié d'une pauvre créature qui est seule devant une telle pensée. La voici; et que l'on me dise s'il est possible d'en soutenir la présence !

Ils sont dans la plus parfaite sécurité; ils se livrent à la joie; ils oublient ce qu'il y a de terrible et d'inattendu dans les destinées humaines. Achèverai-je? Que serait l'annonce

d'une grande calamité, d'une calamité immense les surprenant ainsi au milieu du
tumulte des plaisirs? Que serait le messager
de la mort survenant parmi toutes ces pompes extravagantes, saisissant d'une soudaine
terreur ceux qui sont venus pour s'amuser;
puis les faisant fuir avec leurs habits d'emprunt, ou seulement à demi dégagés de leurs
travestissements? Quel tableau lugubre que
celui d'une représentation théâtrale s'achevant au sein de la plus sinistre insouciance,
pendant que la plus noble vie finirait de
s'éteindre! Voyez cette assemblée nombreuse
au moment où le messager de la mort y
pénètre; la tête hideuse du spectre n'est pas
aperçue par tous à-la-fois: les uns sont déja
saisis du vertige de la douleur; les autres
continuent, quelques instants encore, de se
livrer à la joie, à la danse, à de frivoles entretiens. Enfin l'affreuse nouvelle est connue
de tous avant que chacun ait pu l'apprendre; car il est des choses qui d'abord ne se
disent point à haute voix, parcequ'on voudrait pouvoir en douter, et qu'on craint de

les réaliser en les disant; on n'ose pas interroger parceque c'est bien assez de craindre
sans être tout-à-fait certain. Ces choses
se murmurent, et elles se devinent.

Silence! n'éveillons pas le deuil.

II.

J'ai mal veillé; mauvaise sentinelle, j'ai
laissé dormir ma triste consigne. Funestes
présages, sombres pressentiments, je ne vous
ai point assez écoutés. Un secret effroi dont
je ne pouvais me rendre compte s'était saisi
de moi; maintenant je suis dans la stupeur.
Une douleur intime pénètre tous mes sens;
il me semble que la faculté de vivre va m'a-
bandonner, tant je suis accablé du poids qui
m'oppresse. Quelle clameur sourde et pro-
longée frappe en moi un autre organe que
celui de l'ouïe! Cette nuit même un Fils de
France serait tombé sous le poignard d'un
exécrable assassin! Nuit désastreuse, quel
avenir nous promets-tu? Et qui oserait mesurer des yeux un abyme si terrible?

Je suis comme enchaîné à la même place ;
je n'ose aller et venir ; j'entends à peine ce
que l'on raconte, et je ne perds pas un mot
des discours que l'on tient. Ce n'est qu'un
bruit confus, et ce bruit confus je le saisis tout
entier comme un seul cri, comme le râle
funèbre de la société expirante. Dieu veuille
que ce soit encore une illusion de mes sens !
Mais cette mort admirable pourrait-elle être
une illusion ? Est-ce ainsi que l'héroïsme
pourrait se rêver ? Non, non, c'est une
cruelle et sublime réalité.

Fallait-il donc que la mort vînt nous apprendre encore une fois ce qu'il y a de magnanime et de généreux dans l'ame de nos
rois, dans le sang de nos Bourbons ? Justice
du ciel, fallait-il que tu nous instruisisses
encore une fois ? Un sombre fanatique ; l'enfer seul peut produire de tels prodiges : un
sombre fanatique, en plongeant le fer dans
le sein de la victime auguste, n'a pu nous
prouver que la manière dont nos Bourbons
savent mourir. Sans haine, sans vengeance,
ils n'atteignent pas seulement au mérite du

pardon; ils vont au-delà : ils ont plus que
du courage, car ils sont les véritables chefs
des Français. De niveau avec leur antique
destinée, ils n'ignorent point qu'ils ne sont
pas frappés comme les autres hommes, et
que le coup vient de plus haut. Natures pri-
vilégiées, laissez-moi vous contempler dans
toute votre gloire !

Écoutons bien tous ces récits, écoutons
bien si nous pouvons, afin que l'admiration
tempère en quelque sorte l'amertume de
nos douleurs. Ces discours sans suite, qui
passent de bouche en bouche, et qui se ré-
pètent sans être altérés.... Écoutons bien.
Qu'aucune circonstance ne nous échappe....
C'est le génie même de la dynastie la plus
noble et la plus illustre qui prenait la voix
du prince mourant. Écoutons avec une attention toute religieuse; tâchons de retenir
nos larmes, d'étouffer nos sanglots. Ces entretiens parmi le peuple sont des paroles
sacrées; ces récits qui tous se ressemblent
sont des récits du Testament.

Depuis qu'il y a des races royales données

en spectacle au monde, je ne sais s'il y en a aucune qui ait offert de plus nobles, de plus touchants exemples au sein des fortunes les plus diverses; je ne sais s'il y en a qui ait révélé de plus hautes vertus. Voyez comme le malheur les élève! voyez comme la mort les trouve prêts! Les couronnes du ciel leur descendent sur la tête lorsque les couronnes de la terre leur échappent; ils rendent dignes toutes les adversités, ils font la mort sublime. Jamais ils ne sont plus au-dessus de la condition humaine que dans les moments où la condition humaine unit le plus le bandeau de ses misères au bandeau des rois. Un infame assassin peut frapper au hasard et à toute heure, il est sûr de rencontrer le cœur le plus magnanime.

Celui qui vient d'être frappé ne s'est-il pas montré à-la-fois le petit-fils de saint Louis et de Henri IV? A-t-il proféré une seule plainte? a-t-il rien dit de cet avenir qui s'évanouissait pour lui, de ces brillantes destinées qui lui étaient ravies à jamais? Cette plénitude de vie, de santé, d'espéran-

ces, au milieu de laquelle il a été si inopi-
nément surpris, a-t-elle excité un seul de
ses regrets? a-t-il été distrait, un seul instant,
de ses affections de famille, de ses sentiments pour la France, de la pensée généreuse du pardon? a-t-il été nécessaire de lui
rappeler la grande pensée de l'expiation religieuse? a-t-il détourné la tête pour cacher
des pleurs timides? a-t-il été faible, désolé?
s'est-il débattu contre l'horrible certitude de
la mort? Au sein de la souffrance sa parole
n'a trahi rien de pusillanime; aucun nuage
n'est venu obscurcir la sérénité de son visage
décoloré; les mouvements les plus involon-
taires ont été sublimes tout naturellement.
Ces six heures d'agonie seront ce que la poésie la plus idéale les eût faites, si elle eût su
les faire. Tous les mots, tous les sons inar-
ticulés sortis de cette bouche mourante peuvent être recueillis sans choix par l'histoire.

C'est dans ces jours où les divertissements
sont les occupations du monde, que la patrie a été frappée de son deuil. Le séjour
consacré à toutes les illusions de la scène, à

tous les prestiges des arts, a vu mourir la
touchante et noble victime. La religion, in-
voquée par notre prince, est accourue dans
un lieu qu'ont coutume d'éviter ses regards :
ses cérémonies augustes et consolantes ont
sanctifié cette atmosphère profane ; ses paroles de paix, de réconciliation, d'adieu, se sont
fait entendre dans le temple même des plaisirs les plus bruyants, les plus fugitifs, les
plus dépourvus de toute vérité.

Savez-vous quel cortége se pressait autour
du Dieu vivant , lorsque le Dieu vivant
franchissait le seuil de ces demeures pour
venir visiter celui qui voulait mourir entre
ses bras?... Voyez cette foule qui est si loin
de soupçonner le malheur affreux dont gé-
mit la patrie. Ils arrivent avec un empresse-
ment que leur ignorance fait ressembler à
du délire ; ils arrivent, demandant à se réjouir pendant que l'heure de pleurer est déja
venue pour tous ; ils sont vêtus d'habits de
bal pendant qu'ils devraient aller préparer
leurs vêtements de deuil... Et, faut-il croire
à cette affreuse déception de tous les plaisirs,

de toutes les vanités de la terre? Et dans cette foule parée pour de telles fêtes, quelques uns se dérobaient sous le masque et sous divers travestissements. Ainsi donc les étranges pompes des saturnales ont été le triste cortège du Dieu vivant, lorsque le ministre du Dieu vivant a voulu pénétrer dans ce lieu devenu le sanctuaire de toutes les vertus et de toutes les calamités.

Là était le petit-fils de Henri IV sur le point de rendre sa grande ame à son Créateur: à côté étoit l'assassin que l'on venait d'arrêter: à côté encore était une représentation théâtrale qui s'achevait. On pouvait entendre à-la-fois et les paroles sublimes du prince baigné dans son sang, et les sanglots de l'auguste famille, et les prières de la réconciliation, et le bruit des fanfares et des danses.

Dites-moi, car je ne sais si je veille, mes esprits s'égarent; dites-moi, avez-vous vu ce que vous racontez! étiez-vous au milieu de ce tumulte si lamentable? quelqu'un de vous a-t-il vu le prince sur son lit de douleur? avez-vous vu sa royale épouse, dont nous

célébrions naguère les fêtes de l'hyménée?
l'avez-vous vue avec sa robe blanche inon-
dée de sang, égalant par son admirable courage toutes les rigueurs d'une si cruelle destinée? l'avez-vous vue présentant sa fille à la
bénédiction paternelle, sa fille qui, à peine
arrivée sur le seuil de la vie, ignorera long-
temps encore tout ce qui lui est enlevé?
avez-vous vu enfin la famille si magnanime
et si malheureuse? étiez-vous parmi ces serviteurs gémissants?.. Ah! je ne suffis pas à
tout entendre; mille choses vont m'échapper... Écoutons encore... Il a recommandé
tous ceux qui lui furent chers; il craint que
quelques torts de sa jeunesse ne soient pas
assez réparés, assez expiés; il se trouble de
ce que son roi n'arrive pas assez tôt; il ne voudrait pas mourir avant d'avoir obtenu de la
clémence royale une grace qu'il ne juge
pas au-dessus de la clémence royale, celle
de l'homme... Même en implorant la grace de
cet homme, il s'est abstenu de prononcer un
mot qui eût semblé exclure la grace... Imi-
tons, en ce moment, la magnanime pudeur

du généreux Français, du Prince chrétien.

Eh bien! est-ce assez? Il souffre d'intolérables douleurs, et il pense à tout.

Il est digne de sa famille; sa famille est digne de lui : tous sont ce qu'ils doivent être, et ils le sont sans faste; car ce qu'il y a de plus excellent et de plus élevé dans la nature humaine fut toujours leur partage.

Mais l'assassin était-il seul? Nul autre poignard ne menace-t-il une autre poitrine? Ils vont, ils viennent, occupés seulement de leur douleur, et comme si tout était paisible; ils se livrent sans défense. Veillons, veillons sur ce qui nous reste du sang de nos rois.

Une scène plus touchante qu'on ne saurait dire est apparue au milieu de ces scènes de désolation. Les souvenirs de l'exil renfermaient des secrets que l'inattendu et l'horreur d'un tel moment ont seuls pu trahir. Ah! ne profanons pas de tels secrets; ils sont devenus le patrimoine sacré de l'hymen lui-même, l'héritage de la plus vertueuse tendresse. Tout a été sanctifié par la seconde bénédiction paternelle du héros mourant;

tout a été sanctifié aussi par la pieuse adoption que l'amour désolé vient d'inspirer à l'admirable épouse, là au pied du lit qui tout-à-l'heure sera un lit funèbre. Les deux orphelines innocentes qui ont été vues tout en larmes et à genoux ne seront point délaissées.

Nous avions espéré quelques instants. Hélas! l'incertitude cruelle, l'incertitude même a cessé : il n'y a plus d'espérance.

Et cependant une voix a été entendue; c'est le prince mourant qui fait un dernier effort : il veut encourager celle dont il ne pourra plus faire la félicité; il veut l'encourager à vivre pour l'enfant qui déja jouit de la lumière des cieux, et pour l'enfant qu'elle porte dans son sein... Pour l'enfant qu'elle porte dans son sein! A-t-on bien entendu? Les faibles sons de cette voix qui s'éteignait ont-ils été bien compris? Anges protecteurs de la France, accourez tous, et fortifiez cette jeune femme pour qu'elle ne succombe pas à tant de maux. Faites qu'il ne s'éteigne pas sans retour, dans le sang et dans les larmes, le flambeau de cette glorieuse dynastie.

Pourrions-nous raconter tous les détails de cette nuit affreuse? pourrions-nous les faire sortir en ce moment de dessous le crêpe funèbre qui les enveloppe? Ce n'est pas dans les heures terribles des premières larmes que l'histoire peut recueillir ses immortels documents. Mais lorsque le temps sera venu, elle ne pourra que se réjouir de la sévérité de son ministère, puisqu'il lui sera permis d'être à son gré la plus belle et la plus touchante des Muses. Elle peindra les lieux, les circonstances, les évènements qui ont précédé et qui auront suivi; elle peindra cette résignation qui n'était point de l'abattement, ce courage plein de douceur, qui ont marqué tous les moments de l'agonie; elle peindra cette sécurité dans la douleur, qui laissait la famille auguste libre dans tous les soins qu'elle prodiguait au mourant. Ainsi donc, à présent, nous ne pouvons que gémir et demeurer dans les sanglots. Un jour; et ce jour n'est pas loin peut-être, car mainte-

nant toutes les maturités sont hâtives; un
jour l'histoire racontera; un autre jour la
poésie fera entendre ses chants. Ceux qui
ont vu diront, et la tradition s'en conservera
d'âge en âge. Alors seront répétées les paroles
de l'heure suprême, les plaintes touchantes
de la jeune épouse, du noble père, du frère
et de la sœur, du chef auguste de la famille,
des serviteurs du prince; alors renaîtront
les heures des premières larmes. D'autres
conjonctures auront amené d'autres douleurs; le récit des anciennes douleurs conso-
lera des calamités nouvelles. Alors l'histoire
enseignera le courage et la résignation, et la
poésie les inspirera. Alors.... redoutable avenir, éloigne-toi de notre pensée; n'avons-
nous pas assez du présent? L'avenir a des
promesses et des menaces : ne voyons que
les promesses.

C'en est fait, le cruel mystère est accompli : notre prince repose silencieux sur son
lit de douleur. Sa famille éplorée, ses serviteurs dans la consternation restent proster-
nés aux pieds de celui qui n'est plus. La reli-

gion continue et achève ses prières. Le chef
vénérable, accouru pour recevoir les derniers
adieux, ne veut se retirer qu'après avoir
rempli les derniers devoirs; il vient d'abais-
ser les paupières immobiles de son neveu
sur ses yeux éteints. Tout est fini pour ce
monde.

III.

Au milieu des folles joies de la reine des
cités est survenu l'ange des royales douleurs,
des royales infortunes. Tous les crimes, toutes les calamités de la révolution se sont relevés de leur funeste tombeau. Le sang le plus
précieux, ce sang si peu épargné, le sang des
martyrs a coulé de nouveau parmi nous.

Ce matin, lorsque le jour a révélé pour le
grand nombre le crime de la nuit, chacun
s'est senti frappé dans sa propre famille; et
chaque famille a dit comme jadis dans la
superbe Égypte : Nous avons perdu l'un de
nous; c'est notre premier né que le glaive
de la mort a dévoré! Et chacun a dit encore:

Est-ce une nouvelle malédiction sur le peuple ? le peuple a-t-il prévariqué ? allons-nous subir de nouvelles peines ? les jours de la servitude vont-ils recommencer ? Lui ! il a crié grace ! mais la justice ne crie-t-elle point vengeance ? N'est-ce pas le sang des rois qui a été versé ? et du sang des rois ne sort-il pas un cri plus puissant, plus terrible vers le ciel ?

Le sang d'un obscur assassin suffira-t-il pour payer la rançon du sang illustre qu'il a versé ?

Tous les rois de la terre vont se croire menacés... Ah ! ne nous occupons point des rois de la terre ; occupons-nous de nous-mêmes.

Ne craignons pas de le remarquer encore une fois : parmi les horreurs de cette nuit désastreuse qui pouvait couvrir encore tant de forfaits, la famille auguste se confiait à notre profonde douleur. Quelqu'un de vous s'en est-il étonné ? Oh qu'elle en soit bénie !

IV.

Qui oserait à présent pénétrer dans le palais de nos rois? qui oserait s'asseoir, par la
pensée, au sein de ces foyers frappés d'une
telle solitude? Contemplez, si vous le pouvez, toutes ces infortunes présentes, toutes
celles dont le souvenir funèbre vient d'apparaître en même temps...

Ce vieillard de l'exil qui n'arrive des terres étrangères que pour fuir de nouveau vers
les terres étrangères; qui se trouve une seconde fois parmi les siens pour fermer les
yeux de son neveu, du petit-fils de Henri IV,
succombant sous le poignard d'un assassin.
Il paraît n'avoir d'autre devoir à accomplir
que celui de recueillir des cendres profanées
et de creuser un tombeau. Et cependant c'est
le roi législateur! Destinées des nations, destinées des rois de la terre, de quelles terreurs vous êtes accompagnées! Ce n'est donc
qu'au milieu du désespoir, du sang, des larmes, que vous vous avancez vers un but
voilé jusqu'à la fin !

Contemplez encore, si vous le pouvez...

Cette jeune et tendre veuve qui tout-à-
l'heure était la plus heureuse des épouses.
Elle ne vit plus que pour obéir à celui qu'elle
aimait uniquement ; elle est mère, et Dieu
veuille qu'elle soit mère encore ! Vous le savez ; ah ! nous avons tant besoin de le croire !
vous le savez, un gage d'amour repose dans
son sein. Conservez donc vos jours, veuve de
notre héros : que ce ne soit pas seulement
pour obéir à celui que vous aimiez ; que ce
soit aussi pour assurer nos dernières espérances ! Un peuple entier vous en conjure.

Et ce père de l'auguste victime ! et cette
fille de Louis XVI et de Marie-Antoinette !
et celui que l'exil lui donna pour époux
comme la patrie le lui aurait donné !

Et ce chef vénérable d'une autre race de
héros, jadis soutien du trône ! Père si malheureux, il vient verser de nouvelles larmes
avec un père non moins malheureux. Depuis
long-temps il est accoutumé à pleurer ; car
a-t-il pu cesser de pleurer le sang du grand
Condé indignement répandu dans les fossés

de Vincennes? Les deux fils de ces deux pères infortunés s'étaient rencontrés dans les camps de la guerre civile ; les voilà qui se rencontrent dans la même mort! Dieu! seraient-ce aussi les dernières gouttes d'un sang glorieux qui viennent d'être versées!

Ainsi le crime tarirait la source du plus noble sang! Non! Juste ciel! non. Cette princesse qui nous fut confiée, cette princesse qui fut élevée aussi parmi les troubles au sein des poétiques campagnes d'Enna ; cette princesse, petite-fille aussi de notre Henri IV, perpétuera nos espérances, et fera fléchir une si exécrable fatalité. Souverain Régulateur des destinées humaines, vous qui connaissez le secret des races royales et de la durée des empires, vous qui savez par quelle sorte de lien sympathique les rois et les peuples doivent rester intimement unis, vous qui voyez les origines et les suites des choses, Dieu puissant et bon, du haut de votre trône éternel, daignez couvrir de vos regards paternels cette frêle et douce fleur qui n'est pas éclose, et qui peut, si vous le permettez, fleurir encore dans les siècles à venir. Hélas! tant d'amertume s'est déja mêlée aux espérances de cet hymen, dernier refuge de la dynastie! tant de vœux ont été trompés par cette fécondité incertaine! La mort la rendra-t-elle plus puissante et plus assurée? Et cependant quelle réconciliation se reposerait sur le berceau de cet enfant d'amour et de douleur! Qui écartera de dessus nos têtes le fardeau des calamités et peut-être des malédictions! Oh! que le moment qui passe est rempli de cruelles angoisses!

La douleur est par-tout; mais la douleur mêlée d'épouvante, qui l'écartera du palais de nos rois? qui l'écartera de ce palais désert et désolé! qui l'écartera de ces têtes illustres menacées par tant de souvenirs déchirants, par tant de pressentiments funestes! qui empêchera mille horribles visions de se presser dans ces demeures où, à des jours affreux, s'amoncelaient la confusion, la terreur, la mort! Serviteurs fidèles, effacez donc ces taches de sang! cachez donc cette poussière qui

fut le trône de l'infortuné Louis XVI! Que
parlez-vous du 21 janvier? que cherchez-
vous à lire de plus sur les murailles? La main
mystérieuse aurait-elle encore quelque chose
à écrire? et le malheur tout entier ne serait-il
pas accompli? Hommes pusillanimes, taisez-
vous! Non, non; ils sont troublés eux-mêmes.
Je les vois soulever avec effroi le rideau derrière lequel dormait l'ombre de la convention nationale: ils font comme Saül; ils évo-
quent les morts, afin d'en obtenir des paroles
plus redoutables que le deuil même où nous
sommes plongés. Ils disent entre eux: Voici
que l'assemblée régicide est sortie de ses ténèbres sanglantes pour venir immoler notre
prince, le dernier espoir de la patrie!

Mais l'assassin pardonné, qu'est-il donc en
effet? qu'est-il cet homme pour qui le mourant a demandé grace avec tant d'instance?
qui a pu armer son bras? nous le saurons
assez; et que nous importe de le savoir?
France, malheureuse France, toi qui aimais
ton prince, et que ton prince aimait, tu
n'as pas besoin de renier l'assassin. Ton deuil

si intime et si profond crie avec gémissement que c'est toi, patrie infortunée, que
l'assassin a voulu frapper.

La douleur est par-tout : il va retentir
par-tout, le cri de la douleur ; il sortira des
villes et des campagnes. Ceux qui ignoraient
encore quel prince c'était vont l'apprendre.
Six heures d'agonie diront tout ce qu'il fut,
tout ce qu'il aurait été. On saura tout ce
qu'on a perdu, lorsque l'irréparable ne lais-
sera plus que de vains regrets ; il viendra des
voix nouvelles pour bénir lorsqu'il ne sera
plus temps de bénir ; on saura qu'il aurait pu
être le chef de nos braves lorsque nos braves
ne pourront plus nommer leur chef celui
qui passa dans les camps les premières années de sa jeunesse ; on saura qu'il fut humain et bienfaisant lorsqu'il ne pourra plus
ni verser des bienfaits, ni exercer l'humanité ; on saura que son cœur ignorait la vengeance lorsqu'il lui aura été ravi le pouvoir
de pardonner.

Ainsi, une des plus nobles vies ne sera jamais réalisée !

Voyez ce cortége de malheureux qu'il ne secourra plus.

Écoutez le récit de tous ces traits de bonté que l'on raconte dans toutes les classes.

Jadis en Égypte, lorsqu'un prince venait de mourir, son cercueil était exposé, afin que chacun pût venir l'accuser ou se plaindre. Ici personne pour se plaindre, personne pour accuser. Le concert de louanges est unanime. Le jour des révélations ne produit que d'heureuses révélations. Que nul honneur ne soit donc épargné à sa cendre! Le peuple adopte sa mémoire!

Mais voilà sa jeune épouse!... Laissez-la se dépouiller de sa belle chevelure; ce signe de deuil me réjouit douloureusement. Vous n'avez pas assez remarqué combien elle a été forte et tendre : elle sera dans la suite le sujet de nos entretiens. A présent prions pour elle; prions en silence; prions pour qu'elle vive, pour qu'elle nous donne un fils, l'enfant de la France; un enfant qui nous rappelle son malheureux père, et qui soit le lien de nos destinées futures.

V.

Jugements de mon Dieu, sonderai-je vos profondeurs?

Vous qui pleurez, si vous eussiez pu assister à la dernière pensée de la victime auguste, peut-être éprouveriez-vous quelque soulagement. Pourquoi cette pensée n'est-elle pas vivante au milieu de nous! Hélas! elle n'a été recueillie ni par son épouse éplorée, ni par son père, ni par son frère, ni par sa sœur, ni par le malheureux monarque, ni par des serviteurs en larmes. Ils étaient autour du lit funèbre pendant que le héros, près d'échapper aux plus cruelles douleurs, commençait à entrevoir les clartés éternelles. Nul n'a pu assister à cette dernière pensée la plus grande et la plus généreuse de toutes celles qu'il eût jamais formées. Dieu seul la connaît; Dieu seul sait ce qui a été demandé par le mourant, et ce qui a été accordé à cette prière par le père des hommes, par

celui qui a établi les princes entre lui et les
peuples. C'est Dieu qui sait : Dieu descend
quelquefois jusqu'à obéir au juste mourant ;
et le juste qui vient de mourir, c'est le fils
des rois, c'est le prince des peuples : l'ame
qui vient d'être détachée de son enveloppe
mortelle était une ame que Dieu avait pris
plaisir à créer. Quel a dû être son pouvoir
lorsqu'elle s'est trouvée affranchie des fragi-
lités humaines ! En vérité, je vous le dis, si
vous eussiez pu assister à la dernière pensée
de la victime auguste, sans doute vous éprou-
veriez quelque soulagement.

A qui donc serait-il donné d'entrevoir
toutes les destinées qui viennent d'être tran-
chées d'un seul coup ? à qui serait-il donné
d'entrevoir toutes celles qui doivent survivre ?
Sortira-t-il de ce tombeau des mystères de
vengeance ou des mystères de mansuétude
et de réconciliation ? est-ce un dernier sacrifice ou bien est-ce la consommation de je ne
sais quel arrêt inconnu ? y avait-il de la colère dans le ciel, et cette colère a-t-elle été
désarmée par la prière de notre prince ? En-

fin, Dieu voulait-il seulement appeler à lui
une de ses plus excellentes créatures, ou
nous livrer à de nouvelles calamités?

Jugements de mon Dieu, qui suis-je pour
chercher à pénétrer dans vos redoutables
obscurités!

VI.

Ce que je prenais pour une cruelle illusion de mes sens, était-ce un pressentiment
qui se fût revêtu d'un corps? celui que je
croyais voir dans l'ombre, celui dont le regard sinistre m'épouvantait... Est-ce l'assassin qui m'est apparu? La pensée qui va faire
mouvoir le bras du meurtrier est-elle connue avant le meurtre? Les couteaux qui tuent
les rois ont-ils une odeur?

Cet inconnu, cet homme perdu dans la
foule, et qui n'en sort que pour verser le
sang le plus précieux; cet homme inexorable et sans nom, qui lui a mis le poignard à
la main? sont-ce des doctrines pernicieuses

qui ont armé son bras? est-ce une funeste et fausse science qui l'a enivré? est-ce un farouche fanatisme qui a versé dans son ame ses filtres amers? est-il l'ignoble Séide de quelque secte impie? a-t-il juré par le sacrilége?

C'est un ignorant stupide, un être sans affection, qui vécut toujours seul, que rien n'émeut : implacable comme le sort, il ne peut dormir tant qu'il ne fait que méditer le crime; il saura dormir lorsque le crime aura été consommé. Descendez, si vous le pouvez, au fond de cette ame ténébreuse. Ah! ce n'est point un homme, ce n'est point l'envoyé d'une secte impie, c'est quelque chose de nouveau. Le génie du mal s'est emparé d'un automate, d'une espéce de brute. Vous l'interrogerez en vain; il ne saura rien vous répondre, car il n'aura rien à vous apprendre. Il marchait sans haine dans ses projets, il marchera sans remords dans l'exécution de son attentat.

Vous ne savez pas encore cela; vous l'apprendrez. Dans ce monde de toutes les misères et de toutes les épreuves, il y a de ces

sortes d'instruments dociles, impassibles,
aveugles : un seul de ces instruments existe
parcequ'il n'en faut qu'un. Une pensée terrible, féroce, immuable, devient en quelque
sorte un être physique, un poignard animé.
Les années passent autour de ces pensées
revêtues d'une forme humaine ; rien ne les
change, rien ne les modifie. Cette triste volonté du mal, étrange, inconnue, fatale,
est un roc de fer que rien ne saurait ébranler. Ce n'est pas seulement le sang humain
qui peut les satisfaire, il leur faut le sang
des rois, le sang d'une dynastie de rois. Un
empereur romain eût voulu que tout le peuple ne fût qu'un seul homme, afin de le tuer
d'un seul coup. Dépouillez le tyran de sa
pourpre et de sa couronne, cachez-le dans
les rangs obscurs de la société, resserrez son
intelligence dans les limites les plus étroites,
faites [qu'il n'ait ni confident, ni ami, ni
goût pour le plaisir ; assemblez autour de lui
certaines circonstances, certains malheurs
des temps ; et vous aurez celui que le génie
du mal choisira pour trancher des jours né-

cessaires au repos d'un grand peuple, pour
immoler le petit-fils de Henri IV.

Vous souvient-il de 1814? D'un côté une
alégresse immense, de l'autre côté des regrets tristes et farouches. Il y eut des hommes qui restèrent étrangers à la joie du plus
grand nombre : les uns pleuraient une tyrannie déguisée par l'éclat des conquêtes,
les autres ce qu'ils croyaient l'humiliation
de la patrie. Il y eut des hommes profondé-
ment aigris par le spectacle d'une si vaste
ruine, par le sentiment de défaites si peu
attendues, par le renversement du grand co-
losse, qui s'enfuirent dans la solitude pour
s'abreuver à loisir de leurs larmes orgueil-
leuses, pour n'être point distraits dans leur
chagrin sauvage.

Un de ceux-là n'eut pas besoin d'aller dans
la solitude, car il s'était fait une solitude
autour de lui. Séparé des autres, et par son
état obscur et sur-tout par son caractère con-
centré, le noir démon jeta les yeux sur lui;
le noir démon entra en lui, s'empara de lui,
le fit soi-même; il lui cloua dans la tête

une pensée unique, la gloire déchue, le sol
français en proie à l'étranger. Les appari-
tions de l'île d'Elbe, le rapide siècle des cent
jours, le nouveau retour du père de la patrie après les nouveaux désastres de Waterloo, tout ce qui a suivi; ces torrents ont
coulé, et se sont taris autour du roc immobile. Le noir démon lavait ses pieds dans
l'eau du fleuve, tantôt troublé et limoneux,
tantôt clair et limpide : cette eau du fleuve
n'étanchait pas la soif du sang royal. Les
circonstances, les événements, les discours,
les promesses, se brisaient sur sa poitrine
d'airain; les cris de la discorde ne montaient
point jusqu'à son oreille; les chants de l'espérance ou de l'alégresse ne troublaient
point sa prophétique et féroce joie; il n'a
point d'amis, il n'a point de compagnons, pour
chercher avec eux aucune espéce de divertis-
sement ou de plaisir; une seule chose lui est
nécessaire, et cette chose c'est le sang des rois ;
c'est un parricide royal qui peut seul appeler le repos sur sa terrible paupière. Nature
inconcevable! affreuse fixité de la pensée!

13.

A-t-il choisi le lieu, le jour, l'heure? non,
le lieu, le jour, l'heure étaient indifférents.
La noble confiance du loyal prince destiné
à la mort laissait toute la liberté du choix.

Mais cet assassin des rois est-il donc dépouillé de tout sentiment humain? ne sera-
t-il point désarmé par tant de bonté et tant
de vertus? cette aimable popularité ne le tou-
chera-t-elle point? Regarde avec quelle simplicité il use de sa grandeur; regarde : non
seulement il n'outrage personne, mais personne n'est obligé de se détourner du che-
min par où il passe; nul ne baisse les yeux
devant lui; nul ne rougit en sa présence.
A-t-il, sans le savoir, offensé quelqu'un des
tiens? est-il quelqu'un de tes camarades qui
ait à se plaindre de lui? Regarde encore. Les
arts font l'honneur et la gloire de la patrie;
il aime, il protège les arts. Regarde, regarde
donc. Il secourt, il console les malheureux.
L'épouse qui s'assied avec lui sur les marches
du trône, il l'aime comme un simple parti-
culier aimerait sa femme. Il se mêle dans la
foule; il jouit de la vie avec une pleine can-

deur; content d'être, il n'est prince que pour
faire du bien, et non pour faire sentir le
poids de son rang; il se réjouit dans sa force;
sa brillante jeunesse est légère, insouciante;
il est tout-à-fait l'un de nous; c'est le premier,
mais le premier de nos compagnons. Regarde:
il a, je l'avoue, un caractère vif, emporté;
mais sa vivacité fait-elle quelque mal? t'a-
t-elle involontairement atteint? ne réprime-
t-il pas, autant qu'il le peut, ses premiers
mouvements? ou si quelquefois il ne peut
les réprimer n'est-il pas prompt à réparer
avec grace et abandon? Apprends enfin que
les natures violentes n'ont rien à cacher;
elles montrent tout parcequ'elles peuvent
tout montrer. Si tu n'avais pas vécu toujours
dans la plus stupide ignorance, tu saurais ce
que fut l'impétueux élève de Fénélon; et je
te dirais que celui-ci lui ressemble. Il a de
plus connu l'exil et le malheur; il a reçu
de bonne heure la rude éducation de l'adver-
sité; il s'est nourri, loin des cours, de la
moelle du lion. N'a-t-il pas été soldat comme
toi, comme nous tous? tu ne sais pas ce qu'il

fut, tu sais ce qu'il est; n'est-il pas bon et accessible? comme il a les vertus et les aimables défauts d'un Français? aussi, comme il aime les Français! comme il est heureux d'être Français! comme il se trouve bien avec les Français! comme il se précipiterait avec eux pour cueillir avec eux la palme du même danger! comme la gloire lui siérait! comme il a volontiers adopté celle de la patrie! Tu ne veux pas savoir qu'il a été élevé dans les camps; tu veux ignorer toujours qu'il a le premier étanché le sang français qui coulait à Waterloo; tu as tenu ton oreille fermée aux cris d'amour dont il salua deux fois les rivages de la patrie! malgré toi, néanmoins, tu as entendu parler de Henri IV, eh bien! il représente notre Henri IV tout entier, notre grand roi populaire : et c'est celui-là que tu veux immoler, que tu veux immoler, maintenant qu'il a si bien oublié les malheurs de sa première jeunesse, maintenant qu'il bornerait tous ses vœux à vivre au milieu de nous, à mourir avec nous! Tu n'as pas pitié de sa jeune épouse!

Rien ne le touche. Rien ne le distrait de ses farouches pensées, de ses pensées immobiles. C'est toujours le même instant qui pèse sur son imagination, l'instant où il crut que des lois étaient imposées par l'étranger. Oui, c'est un démon sorti de l'enfer qui a donné une telle réalité à un fantôme. Accoutumé à causer des infortunes, accoutumé à infliger des tourments, c'est cela qu'il veut. L'automate, d'un seul coup, frappera une grande calamité. Voilà des torrents de larmes! Voilà un concert de gémissements! Une dynastie, la plus glorieuse de toutes, une dynastie qui, durant tant de siècles, a protégé les peuples marchant sous son ombre tutélaire, il faut qu'elle tombe! Il faut qu'elle tombe dans le sang d'un seul!... Avenir, redoutable avenir, réserve-nous une dernière espérance.

VII.

Au temps de Daniel, on connaissait des

semaines d'années , parceque les années étaient comme des jours ; maintenant ce sont les jours qui sont comme des années.

Voilà sept jours qui se sont écoulés. Il est bien temps de jeter les yeux en arrière, de jeter les yeux autour de nous. N'y a-t-il pas comme sept ans que nous sommes à gémir, à pleurer, sans savoir ce qui se passe et ce qui se fait ?

Les tombes royales de Saint-Denis avaient été profanées. Elles se sont rouvertes naguère pour recevoir les cendres de nos rois, les cendres de nos martyrs, les cendres exhumées de nos héros ; elles se rouvrent encore pour la nouvelle victime du nouveau parricide.

Tout est passager dans le monde que nous habitons, dans ce monde de douleurs et de changements. Le seul des corps célestes dont nos regards puissent s'approcher, ce triste flambeau des nuits, ne nous présente lui-même que l'aspect d'un monde désert, d'un monde détruit. C'est un avertissement et un emblème.

Les formes sociales vieillissent aussi à l'é-
gal d'un manteau qui s'use. Tout périt.

Lorsque nous étions plongés dans le deuil
le plus profond, la joie et les plaisirs continuaient d'agiter les peuples, au pied du Vésuve. Le Vésuve était endormi. Tout-à-
l'heure le deuil aura pénétré, à son tour,
dans la ville de la Vierge.

Et cependant, insensible à nos douleurs,
le Temps marche toujours. Les évènements
continuent d'emporter les hommes, ainsi
que la terre continue de rouler dans l'espace.
Soulevons-nous de dessous le fardeau de nos
longues calamités. Nous avons un trop juste
sujet de gémissements et de larmes ; néanmoins, ne laissons pas plus long-temps les
choses aller à notre insu.

Un Fils de France tombe baigné dans son
sang. Un trône en Espagne chancelle. Croyez-
vous l'Italie paisible sous la domination de ses
maîtres ? Êtes-vous sourds, que vous n'enten-
dez pas les bruits souterrains qui mugissent
dans le nord de l'Allemagne ? Faut-il vous
apprendre que la force militaire ne conserve

plus les conquêtes, ne garantit plus les trônes?

Menace-t-on en disant ce qui est? L'avenir, c'est le présent bien vu. Qu'étaient les prophètes? Leur nom dit ce qu'ils étaient. Ils s'appelaient les voyants.

Non seulement l'opinion veut; elle sait qu'elle peut vouloir; elle commande. Ce que la société veut, elle le veut parceque cela est nécessaire, parceque cela est bon, parceque cela est; car, soyez-en convaincus, ce qui doit être est déja.

N'est-il pas évident que si nous eussions été plus occupés du soin d'affermir, nous serions paisibles au milieu de l'agitation universelle qui va se manifester? Nous pleurerions avec calme et en silence notre malheur domestique, sans crainte de voir compromettre notre existence sociale. Nous serions à la tête des destinées de l'Europe, au lieu d'être emportés par elles. Ah! ne regrettons point une telle gloire; mais du moins qu'on nous laisse la sainteté et l'innocence de nos douleurs.

Des passions ont été promptes à s'armer
de nos maux contre nous-mêmes. Un autre
sentiment que celui de l'admiration nous a
distraits de nos larmes ! De ce sang noble et
généreux il est sorti de nouvelles semences
de haine et de division. La réconciliation
n'a été qu'entre Dieu et le héros. L'innocent
qui vient de tomber ne nous a rien enseigné
sur son lit de douleur et de mort. Notre
prince a été en vain magnanime. Qu'aurait-
ce donc été s'il eût laissé échapper un seul
cri de vengeance ! Et voyez ! il n'a pas seulement voulu profaner sa bouche en désignant
sous le nom d'assassin, l'homme pour qui il
a demandé grace jusqu'au dernier moment !
La voix qui sortira de son tombeau est celle-
ci : Pauvre France ! pauvre France !

Les malheureux ! Ont-ils donc le projet
d'achever le crime de cet homme du poignard qui voulut immoler une dynastie en
répandant le sang de notre bien-aimé, de
notre Charles !

Et cet enfant qui repose dans le sein d'une
jeune et chaste épouse, cet enfant qui ne

connaîtra jamais son père, cet enfant, si
douce et si fragile espérance de la patrie!...
Voulez-vous lui ravir aussi l'héritage de tant
de brillantes destinées, qui furent en vain
promises à son illustre père! Ah! si vous
persistez dans vos odieuses haines, dans vos
désespoirs du passé, ne craignez-vous point..?
N'achevons pas l'expression d'un si funeste
pressentiment: il est des paroles qu'il ne
faut point dire... Apprenez ceci seulement.
Le berceau de l'enfant que nous desirons ne
pourra être protégé, et déja ne peut être
protégé que par la concorde.

Ah! je vous en conjure, laissez-le naître
au milieu de nous, laissez-le croître parmi
les nôtres! Qu'il puisse dire un jour à nos
enfants le bien que nous avons perdu! Qu'il
ne dise pas comme son père expirant : Pauvre France! Qu'il dise : Glorieuse France!
Que ses destinées soient les destinées de ceux
qui viendront après nous! Qu'il n'ait jamais
à saluer de loin la noble patrie de la gloire
et des arts! Et sur-tout ne vous imposez pas
la triste tâche d'effrayer par mille terreurs

l'imagination d'une jeune femme désolée,
d'une pauvre mère, d'une veuve inconsola-
ble, qui est la fille de nos rois, qui fut l'é-
pouse de notre héros. Rassurez-la bien plutôt!
Qu'elle sache par vous qu'un seul a commis
le crime, et que tous ont senti sa profonde
douleur!

Ne la forcez pas à porter son deuil dans
les campagnes d'Enna, pour donner avec
angoisse le jour à l'enfant de l'exil. Cet enfant, c'est notre bien, c'est le gage de notre
amour.

Imprudents, apprenez donc une chose.
Apprenez qu'une dynastie est établie par
Dieu pour diriger la société, mais la société
telle que Dieu la lui a confiée, et non point
la société telle que vous la faites dans vos
rêves d'autrefois, telle que vous la concevez
dans vos théories frappées de désuétude!
Écoutez cette vérité inexorable qui dit: Sitôt
qu'une dynastie cesse de représenter la société, sitôt qu'elle cesse d'avoir le sentiment
de ce qui est, alors elle ne peut subsister
devant la toute-puissance des choses; alors

le fait divin n'existe plus pour elle ; alors sa
mission est finie. Vous m'avez forcé de sortir
de mon silence, et que ce ne soit pas en vain.
N'avons-nous pas assez gémi, assez pleuré ?
Que vous faut-il de plus ?

Ah ! c'est à genoux que je vous le dis, et
écoutez-moi ! Écoutez-moi, vous qui entou-
rez le trône ! Écoutez-moi, vous qui veillez
dans les funèbres demeures de nos rois ! Je
n'ai point d'intérêt à tromper, aucune sorte
d'ambition ne couve dans mon sein. Écoutez-moi !

C'est la France d'aujourd'hui, et non la
France des jours qui ne sont plus, que notre
Charles a léguée à son enfant. C'est la France
d'aujourd'hui qui a vêtu ses habits de deuil.
Cette pauvre France, laissez-lui sa douleur
qu'elle aime, et n'allez pas la confier à l'a-
narchie.

Français, Français, réunissez-vous, non
plus autour du lit funèbre où notre Charles
a rendu les derniers soupirs, mais autour
de son lit nuptial où est le gage de la réconciliation et de l'amour. Oui, j'en suis cer-

tain, vous ne demandez qu'à renouveler votre alliance avec la postérité de saint Louis, de Henri IV et de Louis XIV. Ou plutôt, elle a été renouvelée, il ne faut pas la briser de nouveau. Et puisse cette race auguste accomplir avec nous ce qui nous reste à accomplir de nos destinées nouvelles ! Puisse-t-elle nous replacer bientôt à la tête des destinées de l'Europe, puisque c'est le bien de l'Europe elle-même, puisque c'est le besoin de la civilisation !

Jadis, lorsqu'un meurtre avait été commis, tous les citoyens venaient jurer sur le corps du malheureux assassiné, qu'ils n'avaient point participé au meurtre. Qu'on nous impose la même loi ! Nous jurerons notre innocence. Nous la jurerons sur notre tête, sur notre vie à venir, sur les tombeaux de nos pères, sur les berceaux de nos enfants. Nous pleurons le sang de notre frère, de notre frère, le meilleur, le plus loyal et le plus aimé; nous le pleurons, mais nous ne le redoutons point. Ce n'est point pour nous qu'il a demandé grace.

Prince magnanime, voyez nos larmes, et prenez notre défense. Priez le Dieu que vous adoriez, et qui est notre Dieu, priez-le de vous récompenser en nous accordant que votre enfant soit un fils, et que ce fils, le fils de celui que nous avons tant de raisons de pleurer, règne sur nous, lorsque le jour sera venu pour lui de régner.

Et vous, Dynastie glorieuse, illustre Maison de France, hâtez-vous de vous identifier avec nos destinées, qui vous réclament; hâtez-vous de vous identifier avec nos destinées, car il est de la nature de nos destinées d'être éternelles.

FIN.

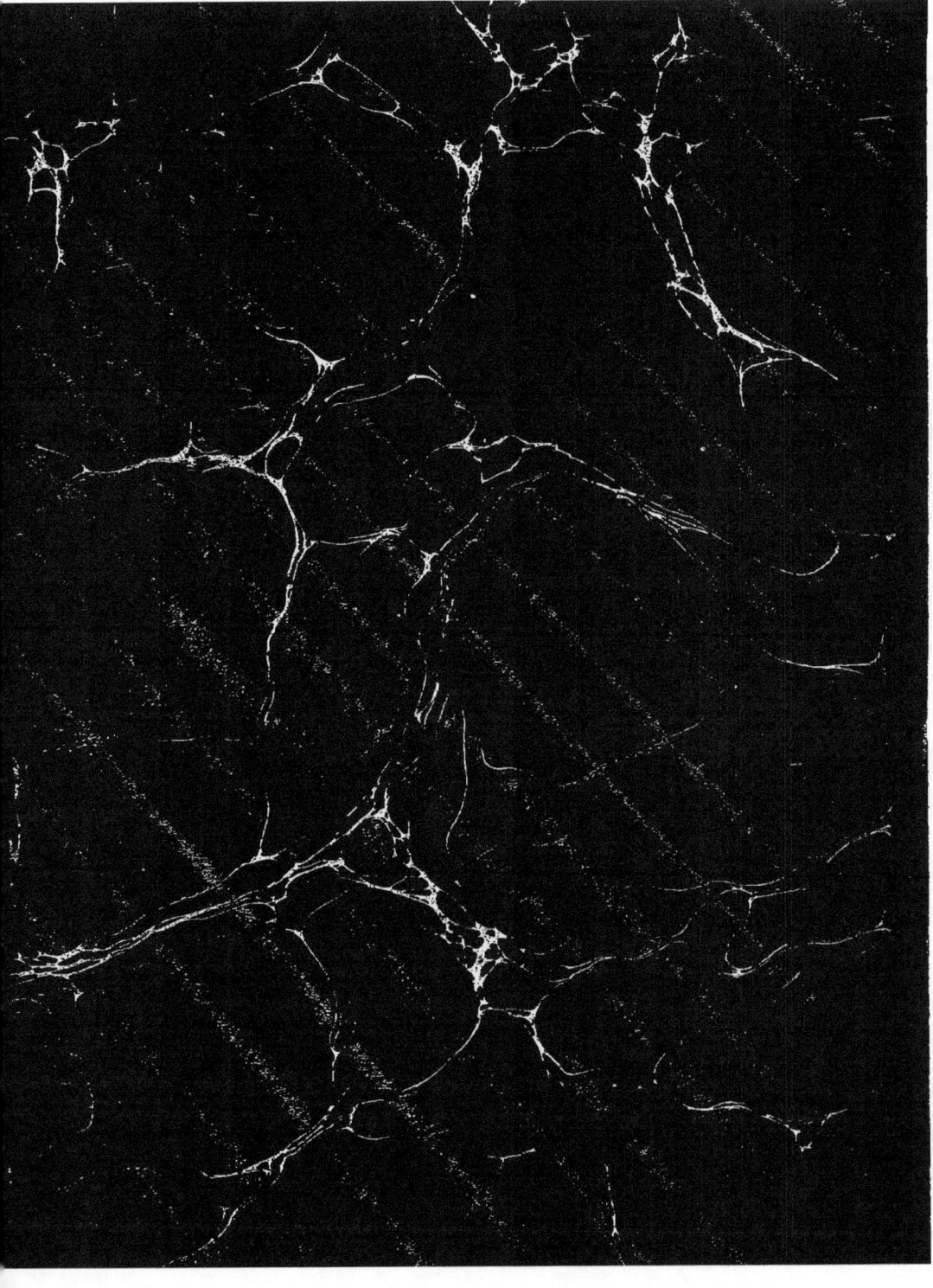